http://www.bbulmedia.com

劍聖戰

검
성
전

1판 1쇄 찍음 2013년 8월 22일
1판 1쇄 펴냄 2013년 8월 28일

지은이 | 환 유
펴낸이 | 정 필
펴낸곳 | 도서출판 뿔미디어

편집장 | 이재권
기획·편집 | 문정흠
편집디자인 | 이진선

출판등록 | 2002년 9월 11일 (제081-1-132호)
주소 | 부천시 원미구 상3동 533-3 아트프라자 503호 (우)420-861
전화 | 032)651-6513 / 팩스 032)651-6094
E-mail | bbulmedia@hanmail.net

값 8,000원

ISBN 978-89-6775-463-1 04810
ISBN 978-89-6775-391-7 04810 (세트)

劍聖戰

검 성 전

환유 신무협 장편 소설

③

신위구성(神位九聖)

목차

1.

혈영(血影)

일식(一式).

삼공(三功).

오패(五霸).

합이 구성천(九聖天)!

　이것은 검성(劍聖)이 등장하기 전까지 수천 년간 무림을
지배해 온 신화(神話)의 이름이었다. 또한 무공이되 무공이
아니었으며, 원류(原流) 조차도 없었다. 신화를 이루어 온
동방 최강의 무술들은 구성천(九聖天)이라 칭송받으며 신
(神)의 반열에 올라 있었다.

또는 천재지변이라고도 했다.

무림인들은 이 상고절학(上古絶學)들의 위력에 경외심을 품어서 감히 신공(神功)이라는 명호조차 붙이지 못했다. 하나하나가 시대를 뒤바꾸고 역사를 재창조하는 위력을 지니고 있었기 때문이다. 특히 삼공(三功)의 두 가지를 익혀서 출두한, 오백여 년 전의 천마(天魔)는 압도적으로 그 사실을 증명했다.

그랬다.

검성이 등장하기 전까지는…… 분명히 구성천은 무림의 전설이었다.

십 년간 네가 익힌 서열 이위(二位)의 구성천 무상천마(無常天魔) 또한 그랬지.

북룡제(北龍帝).

협유곡(俠儒谷)에서 수제자 길상(吉床)을 가르치며.

*   *   *

오늘은 알타리와 함께 황도로 향한 지 한 달째 되는 날이다. 사방에 찌르륵거리는 벌레 소리가 멈춘 지도 오래인 달밤이었다.

"이봐, 태오."

"네?"

알타리가 장검을 떨쳐서 피를 원형으로 뿌렸다. 하도 많이 베어 넘겨서 칼이 무뎌질 지경이었다. 그래도 검날에 살점이 안 묻어 있는 걸 보면 알타리가 얼마나 정확하게 검을 쓰는지 알 수 있었다.

"내가 잠시 요약정리를 해 보고자 하는데."

"사숙, 뭐 때문에요?"

나는 알타리의 말에 대꾸하면서도 날카롭게 주변을 살폈다. 음습한 뒷골목의 냄새와 함께 살을 찌르는 듯한 살기(殺氣)가 사방에 맺혀 있었다. 시체가 넝마조각처럼 흩날리는 전장(戰場)에서도 나는 냉정하게 사람을 죽이고 있었다.

"쓸데없는 소리 할 시간에 집중해서 얼른 적을 물리치는 게 낫지 않습니까?"

부웅.

광혈인의 기운을 돋우어 암수(暗手)를 쳐 내자 팔이 아팠다. 상대방이 실어 보낸 내공이 만만치 않았기 때문에 일어난 일이다. 지금의 내 무공이 삼왕야를 만났을 때와 비교해서 두 배는 증진한 상태라는 걸 생각하면 속이 답답했다.

'젠장, 고수(高手)군. 그것도 적어도 세 명……'

아마도 날 잡아 죽이려는 태천맹(太天盟) 지룡부(地龍部) 소속의 고수들일 것이다. 강호 전체를 통틀어도 최소한 삼백위 내에 드는 극강한 자들이 이런 시골구석에서 우리와 대치하고 있으니 집념이 대단했다.

알타리가 그늘진 얼굴로 말했다.

"태오야. 있잖아, 네가 초고수와 합류하려고 황도로 가는 건 알겠어. 천산에서 황도라 엄청 멀긴 하지만 여하튼 나는 따라가 줄 마음의 준비가 되어 있었다고."

"그런데요?"

"근데…… 오늘 내가 죽인 놈만 벌써 서른 명이 넘는다구. 뭔 짓을 했길래 태천맹이 이렇게 죽자 살자 쫓는 건지 모르겠다, 인마."

나는 알타리의 푸념에 침착하게 대꾸했다.

"저 같은 능력남은 질투를 많이 사게 마련이죠. 알타리 사숙도 인기가 생기면 저를 이해하실 겁니다."

"멍청한 놈, 내가 환령제일의 쾌남이라고 불리는 것도 모르는 모양이군."

알타리는 훗, 하고 비웃음을 지었다.

"정 그러면 대화할 공간을 만들어 볼까!"

그러더니 알타리가 갑자기 검기(劍氣)를 쏘아 내며 앞

으로 돌진했다. 어둠 속에서 포위망을 구성하고 있던 태천맹의 고수들은 알타리의 갑작스러운 행동에 재빨리 모여서 막기 시작했다. 살의 섞인 외침이 비명처럼 울려 퍼졌다.

"막아!"

채앵!!

몇 차례 검음(劍音)이 울리더니, 잠시 후 허공에 목이 여러 개 치솟았다. 압도적인 검력(劍力)과 쾌검(快劍)이 펼쳐지자 이류 급 무인들은 대항조차 할 수 없었다. 지룡부 고수들을 견제하고 있던 나는 알타리의 무위(武威)에 혀를 내둘렀다.

'정말 강하군. 나보다 두 수는 위야.'

남룡제와 헤어졌던 그날, 알타리가 나를 호위하겠다고 앞에 나타났다. 유극문 사상 최고의 천재로 칭송이 자자한 존재인 건 알고 있었지만, 별다른 생각은 없었다. 몇 달 동안 내가 겪은 성장은 엄청난 속도인지라 후기지수 따위는 눈에 차지 않았기 때문이다.

그러나 태천맹과 금의위에게 쫓겨 다니던 한 달 동안에 생각이 바뀌었다.

알타리는 천재다!

그것도 보통 사람의 단어로는 표현할 방법이 없는 천재

중의 천재다.

이미 후기지수 수준에서 논할 만한 무위가 아니었다. 잘하면 예전에 나와 상대했던 귀검(鬼劍)을 상대로도 어느 정도 싸워 볼 만한 수준이었다. 구파일방의 장로 중에서도 진짜 실력자만이 알타리와 검을 겨룰 수 있으리라.

내가 형식상으로나마 알타리에게 존댓말을 쓰는 것도 그 때문이다. 진짜 실력이 나보다 윗줄에 있으니까 그만큼의 대접은 해 줘야 한다. 아마 유극문에서 장로 다음으로 강하지 않을까?

예전에 사호 문주가 내 파문을 결정하면서 했던 말이 불현듯 떠올랐다.

"구파일방이면 도리어 환영이지. 화산파 정도면 박살 낼 자신도 있어."

그냥 삼대장로를 믿고 하는 말인 줄 알았다. 하지만 알타리의 실력이 초절정고수에 가까운데다가 사호 문주 본인의 실력도 그에 못지않다면 확실히 화산파를 두려워할 이유가 없었다. 유극문은 내가 생각한 것보다 훨씬 강한 문파인 것이다.

"이놈!"

알타리가 마치 범처럼 날뛰고 있을 때, 마침내 지룡부 고수들이 나서기 시작했다. 거침없이 검기를 뿌리며 사람을 도살하던 알타리의 움직임이 강한 살기 때문에 멈췄다.

츠캉!

알타리의 검이 잔영(殘影)을 남기더니 허공에 멈췄다. 그의 앞을 가로막은 세 명의 사내 때문에 더 이상 날뛰지 못하는 듯했다. 나는 재빨리 알타리 곁으로 날아와서 기세를 견제하며 말했다.

"괜찮습니까, 사숙?"

"어, 그래."

알타리는 방해자들을 노려보며 말했다.

"꽤 하는 놈들이 나왔군. 한 달 내 마주쳤던 놈들 중에서 제일 강해 보인다."

내가 뭐라고 대답할 틈도 없이 한 자루 도(刀)를 들고 있던 중년 도객이 버럭 호통을 쳤다.

"이놈! 대체 뭘 믿고 우리에게 대적하는 것이냐? 설마 진짜로 살아서 태천맹의 천라지망(天羅之網)을 빠져나갈 수 있으리라 생각하느냐!"

알타리가 귀를 후비적거렸다. 지금 알타리는 정교하게 만들어진 인피면구를 쓰고' 있어서 원래의 모습과 완전히 달랐다. 무공의 흔적조차도 교묘하게 숨기고 있었다.

"댁이 알 바 아니잖아? 무사면 실력으로 말해 보십쇼."

"크크, 우리가 지룡부(地龍部)라는 것도 모르는 애송이가……."

쿠구궁!

세 사람은 삼재진(三才陳)을 짜면서 우리 두 사람을 압박해 왔다. 나는 입을 굳게 다물고 그들의 포위망을 살폈다. 삼왕야의 육선문에서 봤던 금의위 합격진과는 수준이 달랐다. 나 혼자서는 절대 뚫을 수 없을 것만 같았다.

"쳇."

그건 알타리 사숙도 마찬가지인지, 그는 신경질적으로 검집을 땅에 누르며 내게 전음을 보냈다. 그가 나보다 강하다고 하지만 큰 차이가 아니라서 혼자서는 활로(活路)를 찾을 수 없는 것이다.

[어이, 왼쪽 놈을 삼 초(三招) 내에 목을 따고 달아나자.]

나는 힐끔 백포를 입은 장년 검객을 훑어보았다. 전신에서 검기가 일어나고 호신진기가 눈에 보일 정도로 맺혀 있었다. 절대 하수가 아니다.

[그게 됩니까? 척 봐도 세 보이는 놈인데.]

[그러니까 빨랑 해치워야지. 시간 끌면 불리하다.]

나는 꺼림칙한 표정으로 검을 들었다. 확실히 오늘 두 시진 동안 내내 검투(劍鬪)를 한데다가 기력(氣力)도 많이 소모된 상태. 무리를 해서라도 포위망을 돌파하지 못하면 이 자리가 무덤이 될 가능성이 높았다.

그렇다고 해도 지금 뚫으려는 지룡부 고수는 척 봐도 내 아래가 아니었다. 지룡부 서열 육위(六位) 천랑검(天狼劍)이라고 자기 신분을 밝혔으니, 낭인계에서 세 손가락에 꼽는 검객이란 말이 사실이리라.

'에라이, 나도 모르겠다.'

요즘 들어 생사의 경계를 너무 많이 넘어서 이 정도로는 당황하지도 않았다. 나는 안 되면 죽기밖에 더하냐는 심정으로 알타리의 신호에 맞춰서 삼재진에 덤벼들었다.

전력을 다해서 벤다!

"하아압!"

츠콰악.

"이…… 럴 수……."

잠시 후, 한 줄기 실선이 스치면서 천랑검의 흉곽이 세로로 크게 갈라졌다. 그는 피분수를 뿜으며 죽을 때까지 믿을 수 없다는 표정을 짓고 있었다. 알타리가 천랑검의 검계(劍界)를 크게 헤집은 사이에 내 필살검초가 파고들었는데, 연계가 너무 절묘해서 그의 실력으로는 피할 방도가 없었다.

휘익.

"뛰어!"

나와 알타리는 삼재진의 축이 무너진 틈을 타서 재빨리 경공으로 달아나기 시작했다. 남은 두 명과 싸우면 이기긴 하겠지만, 체력과 기력이 고갈되면 손해이기 때문이었다. 무시무시한 속력의 경공으로 날아가고 있자니 눈이 침침하게 흐려졌다.

알타리가 내 옆에서 지붕을 타고 뛰면서 혀를 찼다. 비웃음이 섞여 있었다.

"헹, 성구몽 장로님의 내공수법이 절세신공이라고 해도 한계는 있지. 발달이 덜 된 몸인데다 체력이 부족하니 쉽게 지치는군."

"헉, 헉…… 쓸데없는 소리 하지 마시죠."

나는 이를 악물며 대답했다.

"난 아직 어린애고, 무공 배운 지 반년도 안 됐다구요. 뭘 기대하는 겁니까?"

"흥."

알타리가 코웃음 치더니 품에서 웬 약재를 꺼내서 내게 던져 주었다. 활력을 보전하는 데 효과가 있는 용심환(龍心丸)이었다.

'영약은 아냐.'

재빨리 목젖 뒤로 우겨 넣자 빠르게 녹으면서 혈맥에 기(氣)가 흡수되는 게 느껴졌다. 당장에라도 주저앉아서 대주천시켜 공력을 돌리고 싶었지만, 추격당하는 중이라 그저 전신에 흐르는 기를 필사적으로 조절하는 수밖에 없었다.

"잠깐 쉬자."

몇 리나 왔을까, 알타리가 말했다. 나는 추격권에서 꽤 벗어났다는 걸 깨닫고 그 자리에 가부좌를 틀고 앉았다. 내가 운기(運氣)하는 동안에 알타리가 호법을 서면서 내게 설교를 하기 시작했다.

"태오, 넌 어린데다 무공 수련 기간이 극단적으로 짧다. 널 상대하는 자들은 그 사실을 부담스러워하고 수치로 여기겠지. 싸워서 이겨 봐야 득 될 게 없기 때문이다."

나는 대꾸하지 않았다. 지금은 용심환의 기를 흡수해서 체력을 회복하는 게 최우선 과제다. 한 달 동안 많은 추격자들과 싸워 왔지만, 오늘은 도합 수백 명이 몰려들면서 진을 뺐기 때문이다. 머릿속이 어지러워서 죽을 지경이다.

"하지만 그건 변명."

대꾸하지 않는다.

"명분을 믿어 봤자 눈앞의 현실은 강약(強弱)만을 따질 뿐."

"……."

무슨 말인지 알고 있다. 슬슬 이름이 알려지고 명호가 붙여지면 상대방은 죄책감을 완전히 버리고 수단방법을 가리지 않을 것이다. 그때부터는 진정한 의미의 수라도(修羅道)가 펼쳐진다.

"이제 이틀이면 네 목적지인 황도(皇都)에 도착한다. 나는 거기까지만 호위하고, 다음부터는 너 알아서 하도록 해라."

휘익.

말을 마친 알타리는 숲 속 어디론가 사라져 버렸다. 아마 내 운기요상이 빠르게 끝난 걸 알아채고 자신도 체력을 회복하러 간 것이리라. 나는 눈을 감은 채로 생각을 거듭했다.

남룡제는 자달 선생의 집에서 만나자고 말했다. 문제는 내가 자달 선생이 누군지 모른다는 점이다. 삼왕야가 천산에서 남룡제를 찾으라고 했을 때와 비슷할 정도로 막막하다. 추격당하면서 알타리에게도 물어봤지만, 알타리도 모르는 사람이라고 한다.

황도에 가서 자달 선생의 정체를 수소문해서 알아내면 좋겠지만, 널리 알려진 사람이 아니라면 골치 아프다. 황도는 지방에서 가장 큰 성이라는 하북성(河北城)보다 열 배나 크고 넓은 도시라서 인구가 수십만 명이 훨씬 넘는 다고 들은 바가 있다. 나는 농촌에서만 살아와서 실감을 못하겠지만, 아무튼 사람이 들끓는 도시에서 기인이사(奇人異士) 한 명을 찾는 일은 매우 어려울 것이다.

'젠장, 어떡하지? 빨리 자달 선생의 집을 찾아내서 남룡제와 합류하지 못하면 잡히고 말 거야.'

황도에 들어가면 내게 한없이 불리하다. 지금까지는 계속해서 이동을 하고 있기 때문에 추격자들도 손쉽게 포위망을 좁히지 못했지만, 도시로 들어가면 독 안에 든 쥐 꼴이 되어 버린다. 길어도 사흘이면 내 종적이 다 드러나고 무한연쇄차륜전이 벌어질 게 빤했다.

알타리도 그 사실을 알고 있기 때문에 황도에서까지 호위를 해 주지 않으려는 것이다. 지금까지는 충분히 변장으로 유극문 소속이라는 사실을 속일 수 있었겠지만, 사람이 많은 도시에선 통하지 않는다. 유극문의 절정고수가 나를 호위하고 있었다는 사실이 밝혀지면 매우 곤란해진다.

한참 후에 알타리가 얼굴의 물기를 소매로 닦으며 걸어왔다. 그는 세수라도 했는지 상쾌한 표정을 짓더니 말했다.

"보아하니 고민에 빠져 죽을상이군."

"어쩌란 거요?"

"사숙한테 말버릇 보게? 이 자식아, 너는 그 성격 안 고치면 살아남기 힘들 거다."

알타리는 픽 웃으며 한 말이었지만, 내게는 무겁게 다가왔다. 그가 한 말이 왠지 정곡을 찌르는 것 같았기 때문이다. 내가 침묵하자 알타리가 자신의 검날을 냇가에 비추며 말했다.

"감정을 숨기고 머리는 판단만 해라."

"……."

"쳇, 알아먹을 깜냥이면 내가 여기까지 오지도 않았겠지……."

스르릉.

왠지 푸념을 하던 알타리가 칼을 집어넣었다. 그러고는 지나가듯이 말을 꺼냈다.

"내가 그 남룡제(南龍帝)라는 사람이라면 네 실력을 냉정하게 판단하고 빠르게 결단을 내렸을 것이다. 네 실력으로 도저히 목적지에 도착하지 못할 거 같았으면 그냥 몸을 숨기라고 했겠지. 말을 꺼냈다면 분명히 확신이 있어서 한 거다."

나는 알타리에게 남룡제를 포함해서 그동안의 일을 말해 둔 상태다. 이 상황에서 유극문에 피해가 올 위험을 감수하고 움직이는 유일한 조력자이기 때문이다. 물론 목적지는 언급하지 않았다.

"그건 알고 있소."

"그렇다면 지금처럼 괜히 초조해하지 마라. 물에 젖은 개처럼 일일이 머리 쥐어뜯는 꼴, 보기 싫다."

"뭐라고?"

내가 약간 발끈하자 알타리가 갑자기 발검(拔劍)해 왔다. 소리조차 나지 않을 정도로 빨랐고, 나는 찰나지간에 마주 검을 뽑아서 막아 내었다.

챙!

하지만 워낙 의외의 기습이라서 가슴 앞에서 간신히 알타리의 검로(劍路)를 멈출 수 있었다. 내가 이를 악물고 알타리를 노려보자 그는 다시금 차가운 비웃음을 지었다.

"또 화냈군."

"……"

나는 알타리가 무엇을 말하고픈지 깨닫고 입을 다물었다.

"감정이 흔들리면 검사(劍士)는 약해질 수밖에 없어! 방금 내가 널 처치할 셈으로 전력으로 공격했으면, 그래도 세 치 반의 간합으로 막을 수 있었을까?"

"그건……."

확신할 수 없다.

"내가 알기로 넌 요 사흘 동안 감정이 열다섯 번이나 흔들렸다. 그 모든 순간이 내게는 절호의 기회였고, 네게는 죽음의 위기였지. 내가 마음만 먹었으면 네 목을 벨 기회가 열 번도 넘었다는 소리다, 애송아!"

알타리의 비웃음에 나는 아무 말도 하지 못했다. 알타리를 정말로 신용하지 않았다면 그 기회조차 내주면 안 되는 것이다. 입으로는 알타리도 믿을 수 없다면서 내 감정은 갈대처럼 계속 흔들렸다. 성구몽 장로가 나를 보더라도 한심하다고 했을 것이다.

알타리가 짧게 한숨을 쉬었다.

"후우, 너는 그 나이에 적을 벌써 수천 명도 넘게 만들었다. 내가 네 나이일 때 원수 다섯 명의 목을 베고 스물두 명을 척살했는데, 죽음의 위기를 열 번도 넘게 겪었다. 그토록 어설퍼서야 살아남을 수 있겠느냐?"

알타리를 곱게 자란 천재로만 보았던 사람들이 경악할

만한 말이었다. 하지만 나는 그럴 만하다고 생각했다. 알
타리는 이미 사투(死鬪)에 익숙해 보였고, 적을 죽이는
데 전혀 망설임이 없었기 때문이다.

"사숙, 죄송합니다."

나는 처음으로 알타리에게 사과했다. 지금까지 내 감
정만 앞서서 알타리를 무시했고, 내 부족함을 깨닫게 된
것에 대한 행동이었다. 알타리의 말을 곱씹을수록 내가
무인(武人)으로서 얼마나 부족한지를 알 수 있었다. 알
타리는 곱지 못한 눈으로 나를 보더니 마지막으로 말했
다.

"황도에 도착하면 네 목적지에 가기에 앞서서 귤(橘)을
찾자. 넌 지금 부족한 부분을 채우지 않으면 사흘 안에 죽
을 거다."

귤?

생전 처음 듣는 말이라 어리둥절해졌다. 하지만 나는
별달리 캐묻지 않았다. 알타리가 지금 황도까지 동행해
주겠다고 확언한 거나 마찬가지였기 때문이다.

*　　　*　　　*

그 무렵.

남룡제(南龍帝)는 거친 숨을 몰아쉬며 의자에 걸터앉아 있었다. 인적 없는 폐가(廢家)에서 홀로 달빛을 받고 있는 청년 문사의 모습에서는 거센 살기(殺氣)마저 뿜어져 나왔다.

　쿠구구구.

　지금 그의 내면은 단전(丹田)을 중심으로 일반 절정고수의 수십 배에 이르는 탁기(濁氣)를 끓이고 있었다. 흑황령(黑皇靈)의 실력은 예상한 대로 그보다 훨씬 아래였지만, 그와 동행한 세 명의 고수 때문에 결국 일격을 맞아버렸기 때문이다.

　흑황령의 무공은 수황오절(守皇五絶)이라는 절세신공이었다. 초대 검성(劍聖)의 경쟁자였던 흉신(凶神)과 악살(惡殺)이 황궁에 투신해서 만들어 낸 황궁의 고유 절학!

　흉신의 수제자인 흑황령은 수황오절을 최초로 대성한 인물로, 다섯 층이나 되는 중단전(中丹田)의 묘용을 살려서 무공과 술법을 펼쳐 낼 수 있었다.

　남룡제는 자신만의 호체기공인 은하강기(銀河罡氣)를 극성으로 운용해서 최대한 수황오절을 막아 냈지만, 흑황령 또한 시대에 손꼽히는 절대고수였다. 결국 구 할의 위력을 상쇄시켰음에도 중상을 입고 간신히 도망쳐야 했다.

　"쿨룩!"

남룡제는 앞섶에 선혈을 토해 냈다. 그의 내공은 당대 무림에서 세 손가락에 꼽힐 수준이라 수황오절의 탁기를 대부분 몰아내는 데 성공했다. 하지만 내공이 엄청나게 소모되어서 당분간은 움직일 수도 없을 지경이었다. 그는 힘없이 의자에 몸을 기울이며 중얼거렸다.

"신룡전(神龍戰)…… 다들 미쳐 가는군. 설마 그 미친 짓을 정말로 해냈을 줄은."

과거, 신룡전의 존재와 목표는 남룡제가 이미 알고 있었다. 단지 헛수고라고 생각해서 그냥 놔두었을 뿐이다. 자신과 뜻을 함께하는 북룡제가 돌연히 은거해 버린 것도 이유 중 하나였다. 공연히 무리하면서까지 어린 딸과 천산파 사람들을 위험에 처하게 하고 싶지 않았던 것이다.

하지만 신룡전의 결과물을 보고 나니 후회가 덮쳐 왔다. 이미 세 명이나 되는 절대고수가 출현했다면, 가면 갈수록 황궁(皇宮)의 힘은 막대해질 것이다. 적어도 십 년 이내에 결판을 내지 못하면 남룡제조차도 손을 못 쓸 지경이 되고 말리라.

백년대계는 이미 성과를 보았다. 남룡제는 쓴웃음을 지었다.

'딸아이가 만년보련을 캤다고 했지…… 그걸 먹으면 무

황령(無皇靈)을 제칠 수 있을 테지만, 이 몸 상태로는 그 자를 쓰러뜨릴 수 없다.'

황궁 최고의 고수인 삼황령(三皇靈) 중에서 흑황령과 백황령은 남룡제보다 실력이 아래였다. 일대일로 붙으면 절대 질 리가 없었다. 하지만 무황령만큼은 얘기가 달랐다. 그는 '가문(家門)'을 통솔하고 있는 당대의 가주(家主)였으며, 명백히 황궁제일고수다. 과거에는 남룡제보다 약간 아래였지만, 발전 속도로 볼 때 지금쯤은 남룡제보다 강할 수도 있었다.

오죽하면 북룡제와 남룡제가 합공을 했는데도 무황령의 필사적인 방어에 천추의 한을 남기고 황제 암살을 포기해야 했겠는가! 하물며 그때 입은 내상(內傷)으로 역량마저 깎였으니 이젠 엄두도 낼 수 없었다.

남룡제가 태오에게 황도행을 명한 이유는 황제 암살 때문이 아니다. 그는 자달 선생이라면 이 상황을 타개할 비책(秘策)이 있으리라는 확신을 지니고 있었다. 어쩌면 암살까지는 아니라도 황제의 발걸음을 멈출 수 있을지도 몰랐다.

"이 몸 상태로는 황도까지 나흘이 걸리겠군. 지금쯤 태오는 도착했을 텐데, 녀석이 그때까지 버틸 수 있을까?"

독백하면서도 남룡제는 속으로 힘들다고 생각하고 있었다.

자달 선생은 황도 최고의 문성(文聖)임과 동시에 태사(太師) 자리를 동시에 꿰어 차고 있는 조정의 중신(重臣)이다. 태오가 자달 선생의 행방을 캐어 묻다 보면 하루 만에 종적이 파악될 게 분명했다. 황도에 태천맹의 본부가 있다는 걸 생각하면 태천맹주도 바로 뛰쳐나오는 상황이 발생할 수도 있었다.

태오를 사지(死地)로 밀어 넣은 셈이지만 남룡제는 침착하게 생각했다.

왠지 모르게 태오를 보고 있으면 어떻게든 해낼 것이라는 근거 없는 믿음이 생겼다. 고수의 직감과는 다른 감각이었다. 마치 이질적인 뭔가를 보는 듯한…… 차라리 공포감에 가까웠다. 평생 무서운 걸 모르고 살아온 남룡제였지만 태오는 볼 때마다 신기했다.

본래는 그냥 쫓아 보내려 했지만 무의식적으로 태오와 많은 얘기를 나눈 것도 그 때문일 것이다. 그리고 딸의 안목이 의외로 맞을지도 모른다는 생각을 했다.

'영웅인가, 아니면 그냥 죽을 뿐인가. 너 하기 나름이다.'

그리고 남룡제는 잠시 눈을 감았다. 흑황령의 공력을 모두 끊어서 없애는 데 성공했으니, 이제부터 하루 동안은 죽은 듯이 운기를 하면서 예전의 몸 상태를 되찾아야 하기 때문이다.

명정(冥靜) 상태에 빠져드는 데는 긴 시간이 걸리지 않았다. 폐가의 어둠이 잦아들고 달빛조차도 서서히 물러났다. 완전한 침묵의 때가 찾아왔을 때, 그 일은 일어나고 말았다.

둥.

정지된 시간, 정지된 노래.

탄금(彈琴)이 울리며 사방을 환하게 비추는 듯했다. 남룡제는 주변 상황의 변화에 엄청난 속도로 대응했지만, 그의 몸이 움직일 때는 이미 정체를 알 수 없는 영사(靈絲)가 남룡제의 사방을 포위하고 있었다.

[구원(舊怨)을 갚을 날이 왔군. 천지신명이 나를 도와주었구나!]

남룡제는 급격한 변화 때문에 몸이 빠르게 망가지는 걸 느꼈다. 운기 중에 움직이면 내상을 입는 건 당연하고, 신화경에 오른 내공으로도 피할 수 없는 일이다. 그는 입가에 저절로 맺히는 핏줄기를 닦을 틈도 없이 숨을 몰아쉬며 허공을 올려다보았다.

[남선북룡(南船北龍)이라는 말을 들어 본 적 있는가?]

남룡제는 대답하지 못했다. 그리고 상대방의 정체를 확인하는 순간, 자신의 목숨이 끝나는 날이라는 각오를 다

졌다. 어둠 속, 마치 새벽처럼 빛나는 후광은 자신이 알고
있는 자들 중에 한 명밖에 없었다.

　[용이여, 이제 잠들 시간이다.]

　살아날 수 있다면 천운일 것이다. 눈앞에 있는 놈은 구
성천 무공의 달인이었으니까.

2.

낙양

"……아."

나는 인상을 찌푸리며 몸을 뒤척였다. 그러자 알타리의 핀잔이 들려왔다.

"이제부터 달려야 할 텐데, 잠꼬대나 해서 되겠어?"

모닥불은 피우지 못한다. 그래서 전신에 내공의 열기를 끌어 올려서 야밤의 한기에서 몸을 보호한 채 쪽잠을 자는 중이었다. 여기는 황도에서 삼 리 떨어진 외진 산속이라서 추적자들도 손쉽게 찾지 못했기 때문이다.

나는 부스스 일어나며 말했다.

"이상한 꿈을 꿔서 그런데요."

"네 나이 때 몽정 좀 해도 이해한다."

"남룡제가 죽는 꿈."

알타리는 가죽 수투를 손질하다가 힐끔 나를 돌아보았다. 그러고는 고개를 다시 돌리며 말했다.

"누구든 죽을 때가 되면 죽겠지. 쓸데없는 소리 그만하고 가자."

하긴 남룡제가 죽든 안 죽든 지금 내가 할 수 있는 일은 없겠지.

"흥."

나는 코웃음을 치며 기지개를 켰다. 전신에 힘이 돌아오면서 금세 피부의 맥박이 빨라지는 게 느껴졌다. 고작한 시진을 졸았을 뿐이지만 내공이 저절로 전신에 흐르기 때문에 피로가 더 빨리 회복되는 것이다. 이제부터 전력으로 달려서 성 안쪽에 진입해야 하니 몸 상태가 좋아야 했다.

타다다닷.

나와 알타리는 아무도 없는 새벽의 숲 속을 미친 듯이 경공으로 질주했다. 이 속도면 반 각도 되지 않아서 성벽이 보일 듯했다. 나는 옆에서 달리고 있는 알타리에게 가볍게 연습 겸 전음을 보냈다.

[귤이 누굽니까? 처음 들어 보는데.]

알타리는 아까 쉴 때도 끝까지 귤이 누군지 자기 입으로 말하지 않았다. 성으로 진입하고 나서 제일 먼저 찾아가야 할 인간이라면 내 입장에선 꼭 알아야 하는 존재다. 알타리는 내 질문에 귀찮다는 듯 전음을 보냈다.

[검을 잡은 자 중에서 낙양(洛陽)에서 귤화위지(橘化爲枳)를 모르는 사람은 없다. 그에게서 너는 참술(斬術)을 배워야 한다.]

[무슨 말입니까? 이제 와서 참술을?]

나는 황당해했다.

참술이라고 하는 건 검술(劍術)에 포함되어 있는 기본기로서, 좀 더 쉽고 빠르고 안정적으로 벨 수 있게 해 주는 요령이었다. 파지법, 정지법, 휘두르기, 체중 이동 같은 것이다. 물론 나는 그냥 소영검법을 연습하다 보니까 대충 이론 몇 마디로 다 익혔지만, 기본기라는 사실은 변하지 않는다.

[장로님이 네 실력을 높일 방법을 연구하라시더군. 내가 내린 결론은 이거다.]

설마 수련 기간이 짧아서 내 기본기가 약하다고 생각하는 것일까? 하지만 내 경지는 말 그대로 흡수하듯이 단박에 몇 단계씩 뛰어넘은 상황이라 그런 약점이 존재하지 않았다. 내가 의아한 눈으로 알타리를 보자, 그는 오십 장

밖의 성문을 보고 있었다.

'벌써 다 왔나?'

파밧.

경비병 소대가 여기저기를 돌아다니고 있었지만 새벽이라서 그런지 대충대충인 듯싶었다. 알타리는 어둠을 틈타서 번개 같은 신법으로 그들의 이목을 제치며 성벽에 발을 내딛었다. 그 과정에는 채 십 초도 걸리지 않아서 알타리는 순식간에 구 장은 될 법한 성벽에 뛰어들었다.

'살아생전에 성벽을 뛰어넘을 줄은 몰랐네.'

내가 재빨리 그를 따라서 다섯 걸음으로 성벽을 밟아서 오르자 알타리는 경비병 한 명의 혈도를 짚어서 기절시키고 있었다. 죽이지는 않았는지 경비병을 대충 구석에 쑤셔 둔 알타리가 경비 초소 탁자의 수통을 집어 들었다.

꿀꺽거리며 물을 들이켜는 소리가 정적 속에서 울리고 있었다. 내가 멀뚱히 바라보고 있자 그는 자기 집인 양 의자에 걸터앉으며 말했다.

"내 고향은 여기, 황도 낙양이다. 일곱 살 때 낙양을 떠나 유극문에 들어갔지."

"……."

안 물어봤는데.

"귤화위지라고 하는 녀석은 내 친구고, 매사 비관적인

편이며 염세적이지. 그래도 알고 보면 좋은 녀석이다."

"친구 맞습니까? 매우 싫어하는 것 같은데."

"난 정말 좋아하는 편이야."

대충대충 대답하는 듯했다. 나는 알타리에게 별로 말을 할 기분이 들지 않아서 초소 밖을 훑어보았다. 황도 낙양성은 매우 넓어서 사실 둥글게 보이지도 않았다. 그저 평야에 벽을 쌓아 두었다는 느낌이었다. 내가 시가지의 모습을 바라보려 노력하고 있자 알타리가 자리에서 일어섰다.

"여긴 외성(外城)의 성벽이야. 내성까지는 아직 한참 남았으니 성벽을 한 번 더 통과해야 한다."

"넓군요."

"천하에서 가장 큰 성이니까. 가자."

휘릭.

알타리는 기절시킨 경비병의 혈도를 풀어 주고 성벽 밖으로 뛰어내렸다. 높이가 굉장히 높은데도 자신의 경공술을 믿는 듯했다. 내가 덩달아 뛰어내리자 알타리가 내력이 아까운지 전음을 쓰지 않고 말했다.

"낙양 내에는 무림의 명가(名家)가 많으니 싸움이 일어나면 반드시 피해야 한다. 태천맹의 본부도 있으니까 넌 죽을 자리를 찾아 들어온 거라고 볼 수 있지."

"그런 건 알고 있습니다."

주변을 둘러보니 가난한 촌락민이나 농민의 집이 많았다. 외성은 비교적 신분이 낮은 자들이 모여 사는 곳인 듯했다. 알타리는 판잣집을 마치 날개가 달린 것처럼 뛰어넘으며 웃었다.

"뭐, 설마 태천맹 놈들도 낙양으로 올 거라고 생각지는 않았을 테니 하루나 이틀은 여유일까?"

대화를 하며 뛰는 사이에 어느덧 태양이 떠오르고 있었다. 알타리는 서서히 동터 오는 하늘 너머로 거대한 성벽이 있는 걸 발견한 듯, 어떤 흑색 지붕 위에 멈춰 섰다. 나는 아까 외벽 성문과는 비교할 수 없을 정도로 거대하고 웅장한 문을 보면서 침음성을 흘렸다.

"저 안이 진짜 낙양입니까?"

"그래. 중원제일가(中原第一家)와 백후(百后), 대장(大將)이 모여 있는 곳이다. 중원의 심장에 도착한 거지."

나는 입안에서 말을 삼켰다. 아마 저 안에는 황제와 궁궐도 있을 것이다. 남룡제의 궁극적인 목표이자 나를 쫓는 금의위의 진정한 주인이 있다. 다만 거기까지 가기에는 내 실력이 아직도 까마득해 보였다.

내가 약간 긴장한 기색이 보였는지 알타리가 부연해서 말했다.

"네가 굴에게 전수받는 기간은 길어도 한나절이라고 생각해라. 나는 그 직후에 바로 낙양을 뜰 거고, 네 녀석은 하루 내에 살길을 찾는 편이 좋을 게다. 내성에 들어가서 사흘이 지나면 네놈은 필사(必死)한다."

나는 마음에 들지 않아서 퉁명스럽게 말했다.

"겁은 그만 주시죠. 그딴 게 무서웠으면 여기까지 왔겠습니까? 굴이라는 인간이 어떴는지나 가 봅시다."

"쳇."

알타리는 툴툴거리면서 다시 몸을 날렸다. 나는 알타리를 따라다니면서 점차 내 경공이 기술적으로 향상되는 걸 느꼈는데, 아마도 수선사계의 움직임이 경공에 융화되는 과정인 듯했다.

덜컹!

알타리는 뜻밖에도 내성의 성벽은 뛰어서 넘지 않으려는 듯, 내성 성문 밖에 진을 치고 있던 상인 무리들 속에 숨어 들어갔다. 거대한 우마차의 거적 안으로 기어 들어가자 티도 나지 않았다. 나는 더러운 소 냄새를 맡으면서 말했다.

"아까보다 별로 높아 보이지도 않는데 왜 안 뛰어넘습니까?"

"우리 무공으론 절대 불가능해. 그런 짓을 하려면 적어

낙양 41

도 검성전(劍聖戰) 천룡전 십육강은 되어야 할 거다."

밀짚을 발로 흩트리던 알타리가 검집 끝으로 멀리 보이는 성벽 위를 가리켰다.

"저기 위에 흑의 입은 놈들은 전부 금의위(錦衣衛)다. 기(氣)를 모은 화살로 호체기공을 관통할 수 있는 실력자들이니, 네가 호신강기를 쓸 수준이면 상관없을 것이다."

나는 속으로 짜증이 일어났다. 금의위의 실력이란 건 저번에 삼왕야의 육선문을 나올 때 뼈저리게 느꼈다. 물론 지금 실력이면 금의위 너댓 명 정도는 혼자서 이길 수 있겠지만, 굉장히 호흡이 잘 맞고 냉정한 놈들이라 까다로웠다. 성벽 위에 서 있는 놈들은 얼추 봐도 서른 명이 넘어 보이니 내 실력으로 정면 돌파는 무리였다. 게다가 주변의 잡병들도 점차 많아지고 있었다.

내가 말을 하지 않자 알타리가 말했다.

"귤은 석총 비림(碑林)의 십 리 밖에 살고 있다. 아까 준 면구를 뒤집어쓰면 어렵지 않게 갈 수 있을 게다."

나는 고개를 끄덕였다. 이제 슬슬 목적지를 털어놔도 될 것이다.

"그전에 자달 선생이 누군지 물어봐야죠."

"뭐? 너 설마…… 그분을 찾아가려고?"

"아는 사람입니까?"

알타리는 나를 황당하다는 눈으로 보다가 고개를 저었다.

"자달 선생은 현 황제의 아들을 가르치는 태사(太師)이며 당대에 이름 높은 문장가이며 시인이자 문성(文聖)이다. 황도 낙양에서 가장 박식하고 현명하고 고아한 사람을 꼽으라면 세 손가락에 들어가는 분이다."

"……!!"

"그런데 무림과는 확실히 관계없을걸? 그런 사람을 왜 찾아가느냐?"

나는 할 말을 잃었다.

알타리가 낙양을 떠난 게 일곱 살 때면 갓난아이를 막 벗어났을 때의 일이다. 그런 알타리가 알고 있을 정도면 굉장히 유명한 학사(學士)인 셈이다. 나야 무협 소설만 읽었을 뿐이고, 천하에 문(文)으로 이름을 떨치는 사람에는 관심이 없었다.

남룡제는 알려지진 않았지만 천하무림에서 절대자로 불리기에 손색이 없는 무시무시한 고수. 나는 오만 대군을 남룡제 혼자 힘으로 격퇴하는 걸 두 눈으로 봤기에 무위를 알고 있었다. 거기에다가 검성의 손자이기까지 한 남룡제가 어째서 자달 선생을 찾아가라고 한 것일까?

'아냐. 도리어 그렇기 때문에 찾아가라고 한 걸지도……'

내가 낙양으로 왔다면 무림 연고지를 찾아가려는 건 당연하다. 자달 선생을 찾아간다면 알타리의 예상보다 훨씬 많은 시간을 벌 수 있을지도 모른다. 내가 생각에 잠겨서 입을 닫자 알타리가 인상을 찡그렸다.

"으, 소똥 냄새 죽이는군. 우마차는 이래서 싫어."

다그닥다그닥.

잠시 후, 우리 둘을 태운 우마차가 아침 해가 뜨자 성문을 통과했다. 경비병들도 그리 엄하게 검사하는 편이 아니라서 싱거울 정도로 쉽게 지나간 것이다.

나와 알타리는 우마차에서 몸을 빼서 슬며시 몸을 옮겼다. 전신에 소똥 냄새가 배었으니 빠르게 물로 씻고 옷을 갈아입고 싶었다. 하지만 시간이 없었기에 낙양성의 골목으로 숨어들기로 했다.

터벅거리며 알타리는 태연하게 강호의 고수인 것처럼 앞으로 걸어갔다. 나는 뒤에서 그를 따라가며 신기하다는 생각을 했다.

'저건 무협 소설에 자주 나오는 인피면구도 아니면서 턱과 광대뼈와 이마, 심지어는 피부 감촉도 달라 보이는 군. 면구는 굳이 사람 가죽으로 안 만들어도 되는가 보구나.'

누구도 알타리의 현재 얼굴과 체격에서 유극문의 천재 검사를 연상하지 못할 것이다. 그리고 그건 면구를 쓰고 있는 내게도 적용된다. 눈썰미 좋은 사람이라도 위화감을 거의 눈치채지 못할 정도였다.

와글와글.

햇빛이 열리면서 점차 백주대낮이 되자 거리가 시끄러 워지고 사람들이 와글거리며 쏟아져 나오기 시작했다. 나 는 태어나서 처음 느껴 보는 시장 거리의 활력이라서 어 리벙벙해 있자 알타리가 말했다.

"흰 옷에 영웅건이면 거의 무조건 태천맹 고수들이니까 자연스럽게 행동해. 보법은 삼재(三才)로 고정시켜 두면 들킬 일이 없으니까, 전신에 힘을 빼고 최대한 자연스럽 게."

삼재의 보법이란 것은 보통 사람이 무의식적으로 걷는, 가장 평범한 호흡의 걸음이다. 나는 알타리의 말대로 어 렵지 않게 위장을 할 수 있었다. 더러 고수로 보이는 사람 들이 스쳐 지나가기도 했지만, 모두들 내가 무공을 지니 고 있다는 사실을 눈치채지 못하는 듯했다.

'이야!'

시장의 활기는 평생 시골 산속에서만 자라온 내가 보기 에는 경이적이고 화려했다. 나는 가게에서 파는 온갖 잡화와 장신구에 정신을 못 차리고 이리저리 둘러보았다. 내 모습을 지켜보던 알타리가 킬킬거렸다.

"한결 자연스럽군. 그냥 촌놈으로밖에 안 보여."

"촌놈 맞으니까 촌놈답게 하는 거잖소."

굳이 내 현실을 부정할 이유가 뭐란 말인가. 나는 알타리에게 담담하게 대꾸했다.

"엉? 그, 그래."

알타리는 좀 더 나를 놀려먹고 싶은 모양이었지만 재미가 떨어진 듯 투덜거리며 걸어갔다. 사실 분한 마음도 있었지만 지금은 중원제일도시의 번화한 모습을 구경하는 데 여념이 없었다.

총천연색, 호화찬란, 백색교태!

굉장하다. 이런 곳에서 계속해서 살 수 있으면 재밌지 않을까? 방방곳곳에 미녀와 호남, 귀인과 재화가 흐드러져 있었다. 사람이란 사람은 다 모여 있는 듯하다.

내가 옆에 있던 구층짜리 전각을 올려다보자 알타리가 걸어가다가 독백하듯 말했다.

"황도는 네가 보는 것보다 어둠이 많지. 일이 아니라도 이런 곳에서는 오래 살아 봤자다."

자기 얘기를 조금 하고 싶은 듯했다. 나는 알타리의 마음을 읽고 반문했다.

"그건 사숙이 유극문으로 온 이유와 관련이 있습니까?"

"조금 사연이 있지. 아, 저기 주루에 들어가자."

석총 비림이라는 곳까지는 아직도 십 리는 걸어야 하는 듯싶었다. 간단한 요기라도 할 생각인지 알타리는 만두와 소면, 그리고 계채와 어향돈육을 주문했다. 그리 낙양의 특산물인 요리는 아니었지만 가볍게 한 끼를 때우기에 적당했다.

자리에 앉은 채 알타리가 말을 꺼냈다.

"내 본가는 남궁가(南宮家)다. 그래서 난 유극문에 갈 수밖에 없었다."

"무슨 뜻입니까?"

그는 쓴웃음을 지으며 뜨거운 찻잔을 손으로 잡았다.

"남궁가는 본가(本家)와 분가(分家)가 따로 있었지. 역사가 사백 년이 넘는 명가(名家)는 핏줄이 많이 흩어지기 때문에 가장 가주에 가까운 적통은 낙양에 남고 나머지 남궁가 사람들은 강호에 흩어져서 제각기 무문(武門)을 만들게 된 거다."

"그렇군요."

그렇다는 말은 알타리는 남궁가 적통 출신, 순수한 무가의 자식이란 말이다. 가만히 있어도 뛰어난 무림인으로 성장할 수 있는 최고의 환경이라고 할 수 있었다. 여기에 비할 만한 건 구파일방 장로의 친자식 정도밖에 없다. 내가 의아한 눈으로 바라보자 알타리가 말을 이었다.

"문제는 본가의 힘이 너무 약해져서 점차 남궁 분가에 대한 영향력이 약해졌다는 거였다. 전해지는 남궁가의 무공이 삼십 년 전에 흉신(凶神)의 습격으로 끊긴 이유가 크기도 했지만, 지금의 남궁가는 미래가 없지."

"흉신은 또 누구요?"

"정확히는 흉신악살(凶神惡殺)이라고 불리는 사파의 마두들이다. 사람들이 조롱하는 별호를 붙였지만, 실제로는 사파 최강자로 꼽히는 자들이다. 삼십 년 전에 이미 초절정의 무위를 지니고 있었으니 지금은 상상도 하기 힘들 거다."

"……."

"아무튼 나는 다른 곳에서 내 재능을 끌어 올리고 싶었다. 이런 말을 하긴 그렇지만, 현재 남궁가의 무공은 이류(二流) 급에 지나지 않거든."

나는 알타리의 말을 듣고서 그의 무공에 대해 생각했다. 확실히 알타리는 나이답지 않게 고강한 무공을 보유하고 있고, 확실히 절정고수의 반열에 올라 있다. 유극문의 무공이 뛰어나다고 가정할 때 알타리의 선택은 틀리지 않았다.

하지만 어쨌든 그는 자신의 가문을 버리고 나와서 가명을 쓰고 있는 셈이다. 이 사실이 유극문이나 남궁가에 알려지면 결코 좋은 눈으로 바라보지 않을 것이다. 내가 물끄러미 알타리를 바라보며 말했다.

"큰 비밀 아니오? 사숙께선 가주나 장로분께 그 사실을 말하신 겁니까?"

"그럼 그분들께도 말하지 않은 비밀을 네깟 놈에게 말하겠느냐. 유극문 사람들은 이미 나를 한 가족으로 인정해 줬다. 가문에서도 난 이미 명부가 파인 상태고."

"흠, 아무튼 그 얘기를 꺼낸 이유가 뭡니까?"

"그건 말이지……."

그 순간, 막 요리가 나왔다. 계채에 젓가락을 갖다 대고 천천히 온기를 뒤적거리던 알타리가 입을 열었다.

"어쩌면 말이다, 내 가문의 몰락이 태천맹 때문이 아닐까 하는 생각을 하고 있다. 이류 문파는커녕 무림에서 벗어나려고 할 정도로 몰락한 이유가."

"네?"

이게 무슨 소리인가. 나는 잠시 알타리의 말을 곱씹다가 되물었다.

"흉신은 사파의 거두(巨頭)라면서요? 태천맹은 구파일방과 정파연맹의 집합인데 흉신과 무슨 관계가 있다는 겁니까?"

"그건 아직 말할 수 없다. 하지만 너와 함께 귤을 만나
면 나도 행동을 결정해야 할 거다."

황도에 들어오기 전부터 나를 죽게 버려 둘 거라느니
이야기해 댔지만, 결국 본인도 이유가 있어서 날 따라온
셈이다.

"⋯⋯."

알타리의 말에는 확고한 신념이 있었다. 나는 그의 말
을 듣고 뭔가 증거나 이유가 존재한다는 걸 알아차렸다.
그리고 이 말을 꺼낸 이유는, 나와 함께 목숨을 걸지도 모
르기 때문에 미리 자신에 대해 말해 두고자 하는 것이다.
내가 알타리를 믿지 못하면 둘 다 같이 죽을 수밖에 없을
만큼 험난한 수라장이 될 게 뻔하니까.

나는 침묵하다가 어향돈육을 씹어 먹었다. 향긋하지만
어딘지 모르게 비린내가 났다. 황도 사람들은 이걸 별미
라고 먹는 모양이다.

"밥 먹고 가 보죠."

3.
귤화위지(橘化爲枳)

비림(碑林).

서안과 함양은 주나라 시대부터 수도가 되었던 곳이다. 전국시대를 통일한 진나라의 수도가 함양이고, 진시황의 아방궁이 장안에 건설되었다. 그 후 한나라, 당나라의 수도가 이곳이었으니, 제국 역사의 태동기에서 삼 할 내지는 절반 동안 이곳이 수도였다고 한다.

비석 발견의 역사는 송나라 때부터였다. 그런데 서도와 한자, 한문학의 기원이라고 자부심이 강해서인지 옛날부터 대가들의 글씨는 비싼 값에 거래되었다. 그래서 이 장사꾼 내지는 소장가들이 비석에서 탁본을 뜨고는 비문을 훼손시켜 버리는 엄청난 짓들이 유행했다.

그래서 황제는 제국에서 발견한 비석을 민간에 돈을 주고 사서 모으기 시작했고, 기타 유물들을 보호할 필요에서 비석들을 수집하기 시작한 것이 비의 숲, 즉 비림의 시작이었다.

"호오."

지금 나는 비림 정면에 비치된 당경운종(唐景云鐘)이라는 유물을 둘러보고 있었다. 구(口) 주변은 육각호형(六角弧形)이며 끝부분에는 수뉴(獸鈕)가 있고 종신(鐘身)은 상, 중, 하, 삼단(三段)으로 구분된다. 매단은 다시 육격(六格)으로 나뉘고, 하단 중격(中格)에 새긴 글 외에 기타는 모두 용(龍), 봉(鳳), 사자[獅], 소[牛], 학(鶴) 등 동물 및 하늘을 비상(飛翔)하는 형상(形象)이 장식되어 있었다.

'무협 소설에서만 봤는데, 환룡은 고증도 잘해 놨구나.'

일승도극지굉명(日昇刀極地轟明)이라는 무협 소설에서 나온 물품을 직접 보니까 감회가 새로웠다. 내가 비림을 구경하고 있자 알타리가 오래 걸어와서 힘든지 나무 밑에 털썩 주저앉았다. 하긴 어제 새벽부터 움직인데다가 내력도 지속적으로 소모했으니 아무리 고수라도 힘들 수밖에 없었다.

"귤 녀석은 비림 경조부학신이석경기(京兆府學新移石經記)의 관리인이다. 여긴 입구니까 삼십 장 정도만 들어가면 볼 수 있을 거다."

"그는 관리(官吏)입니까?"

"육 년 전에 과거에 급제해서 지금은 종오품 각사외랑(各司外朗)이다. 실무 담당인 경력사 수장의 비서 같은 위치에 있지."

"높군요."

나는 약간 질린 표정을 지었다. 육부의 종오품이라고 하면 무협 소설에서 나올 때는 대개 고위 관리다. 종오품은커녕 종구품만 해도 시골에서는 쳐다보기도 힘들 만큼 높은 위치였다. 귤의 나이가 알타리와 크게 차이나지 않는다고 보면, 그는 매우 뛰어난 수재(秀才)일 게 틀림없었다.

동시에 의문이 들었다. 그 정도로 공부를 했다면 순전히 관리에 불과할 텐데, 무슨 대단한 무공을 지니고 있다고 내게 검참술(劍斬術)을 가르쳐 줄 수 있단 말인가. 내가 의아한 표정을 짓자 알타리가 말했다.

"어설픈 각오로 들어가면 구 할의 확률로 죽는다. 왜 그런지 가르쳐 줄까?"

"왜 그렇습니까?"

"이 비림(碑林)은 전전대 황제가 유물의 소실을 안타까워해서 특별히 관리하는 곳이다. 세간에서 가치 있는 비석이 한 점에 금 오십 냥이 넘는다는 걸 생각하면, 아무리 잡히면 처형이라고 해도 도굴꾼이 숨어든다."

"아!"

귤은 단순한 학자가 아니었다. 내가 그 사실을 깨달은 듯한 표정을 짓자 알타리가 고개를 끄덕였다.

"그래. 비림의 부관리자인 귤 녀석의 역할은 도굴꾼을 처치하는 거다. 귤화위지란 별호도 그 역할에서 기인한 바가 있지."

"그는 어떤 무공을 익히고 있습니까?"

"그게 문제지."

알타리는 곤란해하는 표정을 지었다.

"구성천(九聖天) 서열 팔위(八位), 본국삼절(本國三絕)! 놈은 낙양 최고의 쾌검(快劍) 달인(達人) 중의 하나다."

구성천. 본국삼절. 난생 처음 듣는 무공 이름이다.

심지어 환룡의 무협 소설에서도 비슷한 이야기는 나온 적도 없었다. 뿐만 아니라 내 사부인 성구몽 장로나 태월하 장로도 구성천은 지나가듯이 얘기했지만 설명해 준 적이 없다. 내가 구성천이 뭔지 물어보자 알타리가 어이없어 했다.

"너 무협 소설 많이 본댔으니, 비유하자면 천하구대신
공(天下九大神功) 같은 거다. 이해됐냐?"

"네, 매우 잘됩니다."

"조금 다른 점이 있다면 구성천의 절학은 모두 일인전승
(一人傳承)이라는 것이다. 구성천을 따로 익힌 문파가 존
재하지 않는다. 귤 녀석도 그런 전승자 중의 한 명이다."

"뭐, 붙어 보면 알겠죠."

성큼 걸음을 옮겼다. 어차피 이 자리에서 그대로 서서
졸고 있어 봤자 남는 게 없다. 그럴 바에야 한시라도 빨리
귤화위지에게서 참술의 도(道)라는 걸 얻어 가야 한다.
내가 묵묵히 앞으로 걸어가자 알타리의 기척이 갑자기 사
라졌다. 아마도 보이지 않는 곳에서 관전이라도 하려는
모양이었다.

[힘내라.]

전음이 들려왔다.

약 십오 장 정도의 풀숲과 비석을 헤치며 걸어갔을 때
였다. 아까 직선으로는 보이지 않던 곳에 풀숲과 호수로
둘러싸인 전각(殿閣)이 보였다. 전각은 마치 호수 한가운
데에 떠 있는 것 같았는데, 오래된 것 같으면서도 햇빛을

받아서 고즈넉하게 빛나고 있었다.

그리고 전각의 앞에는 한 유생(儒生)이 바위에 앉아서 책을 읽고 있었다. 평생 무공이라곤 익혀 본 적 없을 것처럼 조용하고 말라 보였다. 그는 눈앞에 조그마한 유리알 같은 물건을 걸치고 있었다. 내가 고개를 갸우뚱하면서 유생에게 말을 걸었다.

"혹시 귤화위지(橘化爲枳)가 당신이오?"

그러자 유생은 읽던 책을 덮었다. 유생은 왠지 모르게 신경질적으로 코 위에 있던 유리알을 품속에 집어넣으며 대답했다.

"너도 무림인(武林人)이라는 족속이냐?"

"무림인의 정의가 뭔지가 불확실한데."

유생은 내가 정말로 무림인이 뭔지 모른다고 생각하는 듯, 진지하게 설명해 주었다.

"무공 익혀서 사람 패고 다니거나 자릿세를 받는 용역 깡패들을 말한다. 혹은 어줍잖게 무기를 들고 다니면서 도(道)를 추구한답시고 헛소리를 하는 승려나 도사도 거기에 속하지."

"……"

굉장히 무림인에 대해 편파적이고 비관적인 시선을 지니고 있는 듯하다.

"그래, 내가 강호에선 귤화위지라고 불리는 사람이고, 경조부학신이석경기를 관리하고 있다. 너는 무슨 일로 비림(碑林)에 들어온 거냐?"

나는 그 말에 곧장 대답하지 않았다. 왠지 성격으로 봐서는 내가 무슨 말을 하더라도 짜증부터 낼 가능성이 높았다. 그래서 약간 머릿속으로 할 말을 정리한 후에 입을 열었다.

"당신은 혹시 유극문(有極門)의 알타리라는 사람을 아시오?"

"……"

귤화위지는 대답하지 않고 뚫어져라 나를 쳐다보았다. 그 모습을 무언의 긍정이라고 생각하며 연이어 말했다. 우선은 목적을 확실하게 밝히는 게 중요한 것이다.

"나는 유극문에서 사사한 태오(太鳥)라는 사람이오. 알타리 사숙이 당신에게서 참술(斬術)을 배울 수 있을 거라고 해서 찾아왔소."

"흥, 그랬군. 키만 멀대처럼 큰 놈! 제 일이나 할 것이지 남한테 무슨 민폐냐."

유생은 혼자서 화가 났는지 책을 둥글게 말고 바위를 두들겼다. 아마 알타리에게 하는 혼잣말인 듯싶었다. 놀라운 것은 그저 책을 말아서 때리는 것뿐인데, 맞은 바위가 몇 겹이나 깨져 나가는 게 눈에 보였다.

'내공이 대단하군.'

나는 황당한 기분이 들었다. 그래도 만년보련을 달여 먹어서 동년배에 비해서는 굉장히 내공이 높은 편이라고 생각했는데, 만나는 자들마다 내공으로 우세를 점하기 힘든 고수들이었다. 잠시 투덜거리던 귤화위지가 말했다.

"나도 네놈 얘기는 들어 본 적 있다. 소광검마(小狂劍魔) 태오(太鳥)라고 한다지."

"소광검마?"

"하긴 무당칠검을 쳐 죽이고 달아나는 중이니 제 별호도 들을 틈이 없었겠군."

귤화위지는 쓴웃음을 짓더니 자리에서 일어섰다. 그러고는 적수공권(赤手空拳)으로 마치 칼을 잡은 듯한 발검(拔劍) 자세를 취했다. 주변 삼 장, 어디를 둘러보아도 귤화위지의 무기가 될 만한 검(劍)이나 도(刀)는 보이지 않았다.

우우우우.

하지만 얼마 전부터 경지가 오른 나는 심상치 않은 공기를 읽고 긴장했다. 분명히 상대는 무기가 없는데, 왠지 그의 오른손에는 정체불명의 명검(名劍)이 쥐어져 있는 듯한 기분이 들었다. 한 걸음만 움직여도 전신이 난도질

당할 것 같은 기백이 느껴진다.

"태오, 너는 태어나서 베기를 몇 번 해 봤냐?"

"한 십만 번 정도."

유극문에서 미친 듯이 반복 훈련을 할 때는 하루에 수천 번 이상 휘둘렀을 것이다. 이후에도 계속 휘두를 일이 많았다. 내가 대답하자 귤화위지가 말했다.

"그럼 태어나서 여태 백만 번을 휘두른 놈이 있다고 치자. 그놈은 너보다 강하냐?"

"알 수 없소."

"왜 알 수 없지?"

"많이 휘두른다고 꼭 강해지는 건 아니라서."

"맞아. 보통은 그런 편이다."

귤화위지는 갑자기 음산하게 실쭉 웃었다. 상당히 잘생긴 얼굴이었지만 저렇게 웃으니까 섬뜩한 기분이 들었다. 마치 당장 쳐 죽일 원수를 보는 듯한 눈빛이었기 때문이다.

"하지만 내가 익힌 구성천(九聖天) 본국삼절(本國三絕)은 휘두를 때마다 강해진다. 네가 본국삼절을 끝까지 보고 나서 살아남을 수 있으면 그 이유를 알 수 있을 거다."

파킹!

그 순간이었다. 귤화위지의 비어 있던 손에서 갑자기

광채가 뿜어져 나왔다. 놀래서 눈을 흡뜨고 보니, 시퍼런 빛이 뭉쳐 있는 형상이 마치 검(劍)처럼 변해서 귤화위지의 오른손에 쥐어져 있었다. 말 그대로 광검(光劍)이라는 말이 어울릴 정도였다.

'뭐, 뭐야? 기운을 유형화시켜서 칼처럼 쓸 수 있단 말인가?'

이따금 성구몽 장로가 기운을 강하게 압축시켜서 강기를 쏘아 내는 건 몇 번 본 적이 있었다. 그러나 그건 어디까지나 무형(無形)의 흐름이 모인 것일 뿐, 이토록 선명하게 빛을 발하는 건 아니었다. 내가 놀라서 귤화위지를 쳐다보고 있자 그는 퉁명스럽게 말했다.

"자신 없으면 꺼져! 알타리한테서 부탁받고 온 놈을 죽이는 것도 귀찮다."

"왜 귀찮소?"

"죽이면 또 알타리가 징징거릴 테니까."

"……."

왠지 말하는 것과는 달리 거친 호의가 느껴졌다. 근본적으로 나쁜 사람은 아니라고 생각하면서 조용히 손잡이에 손을 갖다 댔다. 어찌 되었든 나는 황도(皇都)라는 이름의 마굴에 들어왔고, 한 단계 강해지지 않으면 살아남기 힘들다. 정말로 귤화위지의 참술을 배울 수 있다면 목숨을 거는 건 당연한 일일지도 모른다.

내가 굴의 일 장 앞에 서자 그는 날카로운 검날처럼 변해 있었다. 표정은 한 줌의 변화도 없고, 마치 차가운 돌과 마주한 듯했다. 그 와중에도 서서히 심장을 사나운 검기(劍氣)가 후비는 것처럼 기세가 뻗어 나오고 있었다.

나는 식은땀을 흘리며 겨우 굴화위지의 기세를 견뎌냈다. 그리고 생각했다.

'이 정도 고수가 비림에서 비석이나 지키고 있다니⋯⋯ 지룡부 서열 사위라는 자보다 훨씬 강하다.'

파앗!

순식간의 일이었다. 나는 말 그대로 운 좋게 내가 감각을 집중시킨 공간에 백광(白光)이 몰려드는 걸 느꼈다. 내 몸은 반사적으로 뒤로 이동했고, 아슬아슬한 차이로 내 몸이 간격에서 벗어나 있었다. 하지만 앞섶이 크게 베여 나가서 한 치만 앞에 있었으면 그대로 가슴뼈가 갈라졌을 게 틀림없었다.

목젖으로 땀 한 줄기가 흘러내렸다. 나는 그제야 침을 삼킬 수 있었다.

"피했군."

광검을 손안에서 소멸시킨 굴화위지는 자세를 다잡더니 말했다.

"방금 본 게 본국삼절의 일절(一絶) 운요(雲耀)다. 위력을 반 정도로 했으니, 전력으로 펼치면 방금 전보다 두 배 빨라질 거다. 너는 그걸 피해 낼 자신이 있나?"

"……두 배? 정말이오?!"

나는 믿을 수 없어서 반문했다. 방금 느낀 쾌검은 일찍이 본 적이 없을 정도로 빨랐다. 내가 피한 것도 반쯤은 실력이 아니라 운이었다. 거기서 두 배가 빨라지면 나는 베인 줄도 모른 채 참살당하고 말 것이다.

귤화위지가 불쾌한 듯 말했다.

"내가 너와 허세질이나 할 만큼 한가한 인간으로 보이냐. 정말 죽여 버려야겠군."

"자, 잠깐."

"유서에 내 이름 적고 죽어라!"

휙.

갑자기 귤화위지가 안에 들어가서 지필묵을 갖고 오더니 내게 던져 주었다. 나는 그걸 받고 멍한 표정으로 서 있었는데, 귤화위지가 태연하게 설명을 했다.

"나는 관리라서 함부로 사람을 죽이면 감봉(減俸)이다. 그러니 죽어도 결투(決鬪)에서 정당방위였다고 유서를 미리 써 줘야겠다."

"……살인보다 감봉이 더 중요한 거요?"

"돈 한 푼 안 나오는데 네 목 같은 거 별로 신경 안 써. 얼른 유서 써라."

"……."

나는 귤화위지가 농담을 하는 줄 알았지만, 표정도 말투도 진심이었다.

"남한테 민폐 끼치지 말고."

누가 알타리 친구 아니랄까 봐 별나기로는 천상천하 급이었다. 다만 이번에는 분노가 일어나지 않는 이유는, 아마 상대방이 나쁜 뜻으로 제안한 게 아니란 걸 알아서이리라.

'에라, 적지 뭐.'

나는 별수 없이 한 식경 동안 열심히 유서를 적었다.

나 태오는 참술 전수를 위해 귤화위지를 방문했다.

그리하여 실전에 가까운 검투를 통해 검술을 연마하기로 했으니 이는 결투와도 같다.

내가 귤화위지에게 죽더라도 정당방위였으니 복수를 원하지 않는다.

경평(景萍) 십오년(十五年) 태오(太烏).

굴화위지는 내게서 유서를 받아서 읽더니 고개를 갸우
뚱했다.

"듣기로 너는 그냥 촌민의 아들이라고 하던데, 꽤 글씨
가 바르고 문장력이 있군. 누군가에게서 글을 따로 배운
적이 있느냐?"

"글이든 노래든 무공과 다를 바 없소. 오래, 자주 접할
수록 실력이 느는 법. 나는 소설을 좋아해서 많이 읽었을
뿐이오."

"알 게 뭐람."

굴화위지는 툴툴거리더니 유서를 안의 서고(書庫)에 넣
어 두고 왔다. 그리고 예의 검 없는 기수식을 잡았다. 나
는 굴화위지의 손안에 솟아오른 광검의 날을 보면서 바싹
긴장했다. 아까 펼쳐 보인 굴화위지의 일절 운요는 도저
히 보고도 피할 방법이 없었기 때문이다.

'속도가 감당 불가능할 정도는 아니지만…… 살기(殺
氣)가 전혀 없다.'

정확히는 검으로 펼쳐지는 게 아니기 때문이다. 무형의
검날에 식을 담아낼 뿐이기 때문에 대부분은 동체시력보
다 기세를 읽어서 피하는 특성상 회피가 어렵다. 살기는
공포와 더불어서 감지할 수 있는 기회를 주기 때문이다.

그제야 나는 알타리가 굴화위지와의 참술 대련을 추천

한 이유를 알 수 있었다. 이 정도로 섬세하고 살기 없는 쾌속 공격을 감당할 수 있다면, 어떤 대결에서도 평정심을 무난히 유지할 수 있다. 그건 지금 시점에서 내 무공의 잠재력을 최대한 끌어낼 수 있는 발판이 되는 것이다.

하지만 정말로 방금 전의 두 배 속도로 날아오면 어찌할 방법이 없다. 그 정도 속도면 살기가 있든 없든, 내 감각은 반응할 수가 없다. 내가 이를 꽉 물고 긴장하고 있을 때, 머릿속에서 한 줄기 구절이 스쳐 지나갔다.

"불생불멸(不生不滅)."

순식간에 다시 시간이 느려지고, 내 정신은 망아(忘我)로 빠져든다. 나를 잊고 무(武)의 흐름, 그 자체에 몰두한다. 다만 이 상태만으로는 상대방의 공격을 감당할 수 없다. 단발 공격의 속도라면 귀검(鬼劍)보다 훨씬 빠르기 때문이다.

"불구부정(不垢不淨)."

이번에는 하나의 구절이 더 생겨났다. 불생불멸의 구절은 내 정신을 몽환(夢幻)으로 고정시켰고, 불구부정은 영혼을 가속(加速)시켰다. 말로는 설명하기 힘들지만, 가장 작은 입자들 사이를 넘나들면서 경계를 몇 번이고 통과하는 듯한 미묘한 질량감이었다.

파아앗!

그 순간, 귤화위지의 광검이 예고처럼 두 배의 속도로 날아들었다. 나는 태월하 급의 고수를 제외하고는 이 정도의 공격을 펼치는 걸 본 적이 없다. 내 몸은 깨어나지 못해서 멍하니 공격 순간을 놓치고 있었다.

이대로는 죽는다!

깔끔하게 머리통이 이분(二分)당한다!

생사의 위기를 눈앞에 두고 있을 때, 갑자기 내 몸이 말도 안 되는 속도로 움직였다. 시간을 우그러뜨리며 거꾸로 되감는 듯했다. 멋대로 알 수 없는 자세를 취한 내 몸은 이내 과거에 펼친 적 있는 절학을 재차 펼쳐 냈다.

호살(豪殺).

멸겁윤회(滅劫輪回).

본국삼절의 광검이 내 목젖까지 후비려는 순간, 내 손

은 마치 신검(神劍)처럼 단단해져서 광검의 진로를 가로 막았다. 광검 또한 신검지기라는 걸 생각하면 무모한 짓 이었지만, 놀랍게도 따끔하는 상처로 똑바로 막아졌다.

동시에 내 전신은 귤화위지의 움직임을 모두 읽어 냈다. 믿기지 않았지만 짧은 순간이나마 그가 행동할 궤적이 모두 읽혔다. 나는 그 궤도를 피하면서 자연스럽게 왼손을 뻗어서 귤화위지의 좌심(左心)에 갖다 댔다.

퍼엉!

공력이 별로 담겨 있지 않았지만, 모든 기운을 광검에 집중시킨 귤화위지에게는 그것만으로도 충분한 타격이 되었다. 약한 폭음과 함께 튕겨 나간 귤화위지는 일 장 밖에서 비틀거리더니 한쪽 무릎을 꿇었다.

"컥…… 크흑."

전신을 떨던 귤화위지가 분하다는 듯이 나를 올려다보았다.

"비겁한…… 자식! 너도 구성천(九聖天)의 전승자였냐? 나를 끝까지 속이다니."

"구성천?"

"서열 삼위, 호살 멸겁윤회! 아수라왕(阿修羅王)의 독문 절기를…… 용케 익혔구나."

나는 당황해서 그 자리에 멈춰 섰다. 사실 끝장을 내려고 움직이고 있었지만 귤화위지의 말에 몸을 멈춰야만 했다. 방금 전에는 나도 모르는 절기를 발휘한 셈이라서 조금이라도 알고 있는 녀석의 말을 듣고 싶었다.

"무슨 말이오? 방금 내가 펼친 건 신룡전(神龍戰) 총관(摠管)이라는 자에게서 전수받은 건데, 그게 무림의 전설인 구성천이라는 건……."

나는 말하면서 앗! 하는 표정을 지었다. 그러고 보니 기억이 어렴풋해서 잘 기억은 안 나지만, 분명히 총관은 일식, 삼공, 오패니 뭐니 하는 말을 했다. 그건 분명히 무림 최강의 무공, 구성천에 대한 설명이었으리라.

귤화위지는 내상을 다스리며 천천히 자리에서 일어섰다. 그의 눈에서 불꽃 같은 증오가 새어 나오고 있었다.

"구성천의 소유자는 서로 죽고 죽일 운명! 멸겁윤회가 천축(天竺)에서 절대무적(絕對無敵)이라지만 본국삼절을 모두 터득하면 거기에 뒤지지 않는다."

"천축? 이건 천축의 무공이오?"

"시치미를 떼는군. 네가 익혀 놓고 무슨 헛소리냐!"

나는 뭐라 항변하고 싶었지만 할 말이 없었다. 사실 익힌 기간이 너무나 짧았을 뿐만 아니라, 이후로도 마땅한 수련법을 듣지도 못했다. 내 무공을 남이 더 잘 알고 있는 상황이라 답답하기 그지없었다.

파앗!

그사이, 귤화위지가 양손을 치켜들었다. 그러자 아까와는 차원이 다른 내공이 그의 전신에서 흘러나왔다. 지금까지 나를 봐주었다는 말이 정확하리라. 또한 자신의 무공을 지금까지 숨길 정도로 조심성이 깊은 자라는 뜻이었다.

양손에 떠오른 광검의 날이 갑자기 더욱더 선명해지더니, 이윽고 적색(赤色)으로 변했다. 마치 불꽃의 검처럼 이글거리면서 양손에서 광채를 띠고 있었다. 뿐만 아니라 뒤쪽 검날이 더욱 늘어나서 차라리 창(槍)을 연상시킬 정도로 길어져 있었다.

'저게 본국삼절 최대 능력인가?'

나는 침을 꿀꺽 삼켰다. 이상할 정도로 이 주변의 온도가 후끈해지고 있었는데, 아마도 저 불꽃의 광검은 실제로도 온도를 상승시키는 힘이 있는 듯했다. 발밑의 호수는 증발하고 땅이 그대로 녹을 지경이라서 이대로라면 곧 인세의 지옥이 강림할 듯했다.

고오오오

그 와중에도 귤화위지의 손은 전혀 손상을 입지 않았다. 광검을 휘두르면 모든 게 베이고 탈 텐데 불합리할 정도로 깨끗했다. 무엇보다 걱정되는 건, 이제 공격해 올 귤화위지는 쌍검류(雙劍流)라서 전혀 다른 방식으로 공격할 거라는 사실이다.

"호살 멸겁윤회의 특징은 짧은 미래(未來)를 읽어서 무조건 흐름을 앞서 나간다는 데 있지."

"그, 그런 거요?"

"니가 왜 놀라냐?"

나는 무공의 특징을 듣고 깜짝 놀랐다.

그 말대로라면 귀검과의 전투에서 내가 역전할 수 있던 이유도 설명이 된다. 보통의 대결 때는 내가 배운 모든 무공을 조합해서 미래를 읽음으로써 최선의 수를 낸 것이고, 마지막에 신검지기 탈백인으로 귀검의 검을 뺏은 이유도 간단하다. 그냥 그럴 만한 빈틈이 보였기 때문에 몸이 알아서 실행한 것뿐이다.

호살(豪殺), 검호를 죽인다는 별칭이 붙은 이유도 간단했다. 검의 정밀함을 극한으로 추구한 게 달인이라고 한다면, 그 달인의 허를 완벽하게 찌르는 게 가능하기 때문이다.

'이거, 개사기 무공 아냐?'

그 말대로라면 기습은 완벽히 방어할 수 있고, 상대방의 허점은 무조건 찌르는 게 가능하다는 소리다. 천하에서 강력한 무공이 모인 게 구성천이라고 한다면, 그중에서 삼위씩이나 하는 게 당연해 보였다. 아니, 일위가 아닌 게 이상할 정도였다.

나는 생각을 정리한 후 의아해져서 물었다.

"그럼 당신의 무공과는 상극(相剋)이 아니오? 그 광검(光劍)이 전부면 당신에게 승산은 없어 보이는데."

"그 반대지. 구성천의 전승자들은 수천 년 동안 무림에 존재했는데 설마 대비책 하나 없을 거라 생각한 건가."

태연하게 대답한 귤화위지가 씩 웃었다.

"그리고…… 그 무공은 치명적인 약점이 있지. 그 때문에 천축으로 간 중원인은 누구도 전수받지 못했다."

"뭐?"

콰앙!

다음 순간, 말을 걸 틈도 없이 격렬한 전투가 시작되었다. 나는 그저 불생불멸과 불구부정의 감각에 모든 걸 맡긴 채 멸겁윤회의 비결에 따라서 차분하게 귤화위지의 거대한 광검에 대항했다.

빠르고 강하다. 그리고 유연하다. 귤화위지의 광검은 마치 살아 있는 것처럼 꿈틀거리더니, 이윽고 채찍처럼 허공에서 제멋대로 방향을 바꾸었다. 통상적으로 알려진 검술의 궤도를 완전히 부정하는 듯한 움직임이었다. 내가 감각에 의지하지 않은 채 그저 무공 실력대로만 움직였다면, 삼 초 이내에 참살당해도 이상하지 않을 정도로 현란하고 복잡했다.

파바바밧!

번뜩이는 광검의 궤적 사이로 찰나지간에 귤화위지가 외치는 소리가 들려왔다.

"본국삼절 이절(二絶), 신라(新羅)!"

백파(百派) 교검현란(較劍眩亂).

이절 신라에 숨겨져 있는 또 다른 무공 비기다. 동이(東夷) 땅에 존재하던 일백 개 부족에서 지니고 있던 고유한 무술의 흐름을 광검을 이용해서 펼쳐 내는 것이다. 나는 멸겁윤회가 자동으로 펼쳐지면서 계속 적의 약점을 찌르는 걸 알고 있었지만, 갈수록 숨이 막히고 체력이 부족해지는 걸 느꼈다.

'아니, 어떻게 내가 본국삼절 신라에 숨겨진 무공 비기를 알게 된 거지?'

나는 문득 황당함을 느꼈다. 방금 알게 된 건 구성천 본국삼절을 전수받은 귤화위지 본인밖에 모르는 정보다. 하지만 나는 마치 원래 알고 있었다는 듯이 자연스럽게 터득한 것이다. 일단 버티면서 약점을 찾아보려고 숨을 고르고 있을 때였다.

삐그덕!

"컥!"

나는 갑자기 허리와 어깨가 크게 뒤틀리는 걸 느꼈다. 귤화위지가 내공으로 암경(暗經)을 쏘아 보냈나 의심했지만, 그게 아니었다. 멸겁윤회의 움직임이 너무나 극단적이라서 일일이 적의 공격에 반격을 하다 보니 내 몸의 뼈와 근육에 엄청난 부하(負荷)가 걸린 것이다.

아프다!

어깨뼈와 꼬리뼈, 등뼈가 찢겨 나가는 고통에 내 몸이 잠시 움직임을 멈추었다. 그리고 그 와중에 귤화위지의 광검이 마치 창처럼 찔러져 왔고, 나는 몸을 뒹굴면서 겨우 피할 수가 있었다.

"헉…… 헉…….."

"근육이 비명을 지르지? 멸겁윤회는 원래 인간의 육체로는 못하는 움직임까지 하게 만드니까."

땅을 구르면서 나는 땀투성이가 되어서 간신히 숨을 몰아쉬었다. 겨우 오십 초 겨뤘을 뿐인데 내공과 체력이 모두 고갈된 것 같았다. 귤화위지는 그럴 줄 알았다는 듯 싸늘하게 웃었다.

"자동으로 적의 공격을 감지하고 미래를 읽어서 반격한다는 공능은 매력적이지. 하지만 그 급격한 움직임의 변화에는 촌두마라(邨斗磨蘿)라는 호흡법(呼吸法)과 갈라리반(喝蘿裏攀)이라는 독특한 천축 고유의 체술(體術)이 추가로 필요하다. 그건 모두 천축의 제왕, 아수라왕의 일족에서만 전해지는 비전(秘傳)이다."

"큭……."

"이렇게 변절(變絶)과 환절(幻絶)으로 안정적인 거리에서 초수만 거듭하면 넌 자멸할 수밖에 없지, 멍청아!"

나는 그제야 귀검이 내게 패했던 이유를 알 수 있었다. 귀검 또한 변화와 빠르기가 화려한 검법을 사용했지만, 마지막에는 점차 승패를 조급하게 여기면서 나를 몰아붙이려 했다. 나는 대결이 더 이어졌으면 자멸했을 테지만, 귀검이 승부를 걸어온 덕에 역습해서 이길 수 있던 것이리라.

내가 꼼짝도 못하고 있을 때 귤화위지가 말했다.

"딱히 원한은 없지만 유서도 썼겠다, 잘 가라!"

퍼억!

귤화위지의 광검이 가늘어진다 싶더니만, 어느 순간 내 심장을 관통하고 있었다. 나는 화끈한 감각이 몸에 몰려드는 걸 느끼며 아연한 표정을 지었다. 나는 심장이 불타고 전신이 갈가리 찢겨서 죽을 것이다. 인적 없는 비림에서 이런 최후를 맞을 줄은 생각도 못한지라 어이없다는 생각이 들었다.

'죽기 싫어.'

죽기 직전, 나는 온갖 생각이 다 났다.

그렇다. 세상은 언제나 꼭 내 수준에 맞춰서 적을 내놓는 건 아니다. 무협 소설이었다면 귤화위지는 사권이나 오권쯤 되어야 만날 만한 강적이겠지. 불합리한 수준 차이에 패배하는 일은 현실에 얼마든지 있는 일이다.

그렇다면 나는 이 상황을 맞이하기 전에 피해서 도망치거나 목숨을 구걸해야 했다. 어쨌든 살아남아야 뭐든지 할 수 있으므로. 귤화위지의 광검에 심장이 꿰뚫린 건 결국 내 탓이라고 할 수 있을지도 몰랐다.

[일안이족삼담사력(一眼二足三膽四力).

완력은 가장 단련하기 쉬워서 노력만 하면 누구든 얻을 수 있다.

하지만 힘은 정신력에 쉽게 좌우되고 농락당한다.

하지만 심신을 성실히 단련한 사람도 전술의 이로움을 단련한 자를 이길 수 없다.

하지만 이 모든 것을 두루 살피고 간파할 수 있는 '눈'을 가진 자가 가장 강하다고 인정받는다.]

빠지직.

빠지지직.

검륜(劍輪)이 허공에서 일그러졌다. 무형의 광검으로 금세 나를 해치우고 뒤돌아서려던 굴화위지의 얼굴이 일그러졌다. 그와 나의 실력 차이는 두세 수 이상이지만, 내 오른손은 심장을 관통하고 있는 광검의 날을 붙잡고 있었다.

본국삼절의 광검을 맨손으로 잡다니, 있을 수 없는 일이다. 본디 만년한철도 갈라 버리고 수라의 가죽조차 잘라 버리는 지상 최강의 명검(名劍)이다. 손가락이 조각조각 잘려 나가야 할 텐데도 나는 그저 손에 통증만 느낀 채 버티고 있었다.

"뭐냐? 설마 호신강기(護身罡氣)?"

굴화위지가 물어 왔지만 대답하지 않았다. 호신강기라기엔 내 손을 둘러싼 기운이 너무 미약했다. 의식을 잃지 않고 붙잡고 있는 이유는 그저 하나밖에 없었다.

지기 싫다!

어이없는 일이지만 죽거나 사는 것보다, 지금은 지는 게 죽기보다 싫었다. 이토록 허무하게 지는 건 바라지 않았다. 이곳이 내 무덤이 아니라면 끊임없이 이겨 나가고만 싶었다. 어린애 같은 소리지만 나는 절대 져서는 안 되는 운명인 듯했다.

[나는 당신의 이야기를 듣고 생각했습니다. 인간은 너무나 약하기 때문에 부서진다면, 내가 조금 더 강해지면 되는 거라고. 나는 태어나서 줄곧 마음을 의지할 여유가 없었기에 남에게 지워지는 짐만큼은 나 스스로 덜어내고 말겠다고. 해답 따윈 없다고 했습니다. 계속해서 주변에서 용기를 얻으면서 '인간'으로서 강해질 도리밖에 없다고 하셨습니다. 하지만 나는 인간으로서 강해질 기회가 없었습니다. 미쳐 버린 시간(時間)의 수라장을 헤쳐 나왔을 뿐. 그렇기 때문에…….]

알 수 없는 독백이 머릿속에 흘렀다. 그 어조는 마치 불생불멸과 불구부정을 독백할 때의 나와 닮아 있었지만, 생전 처음 들어 보는 목소리이기도 했다. 근원을 알 수 없는 생명력이 손끝에 맺히면서 계속해서 죽음을 미뤘다.

"죽어라!"

귤화위지의 얼굴이 일그러졌다. 그러고는 더는 봐주지

않겠다는 듯 무형검날을 소멸시켰다가 다시 만들어 냈다. 존재하는 칼날이었다면 잡혀서 못 움직였겠지만, 기(氣)에 의해 만들어진 것이라 재생성해 낸 것이다.

내 손이 허공을 헛치고 있었지만 내 입가에는 희미한 미소가 떠올라 있었다. 어쩐지 귤화위지의 행동이 모두 계산대로라는 생각 때문이었다.

온다.

[나는 어느 순간부터 누군가와 비교하게 되는 최강(最強)보다는 모든 걸 객관적으로 볼 수 있게 되는 최고(最高)를 동경하게 되었습니다. 내가 잃어버린 걸 되찾지 않아도 좋으니까, 혼자서라도 계속 싸워 나가기로. 그 누구에게도 지지 않게…… 세계 누구도 내게 용기를 주지 않을지라도.]

콰앙!

의념(意念)이 뭉친다. 기(氣)와는 다른 차원에 있는 의념이라는 힘이 발동하면서 어둠 속에서 내 상단전(上丹田)을 끓어오르게 한다. 의념이 발한 순간 공간은 내 손이요, 발이요, 심장이요, 숨결이 되어서 흘러갔다.

귤화위지가 펼쳐 낸 구성천 본국삼절의 변화는 모두 오

천구백칠십사 개. 강호무림의 초절정고수라고 불리기 충분하며, 예전에 싸웠던 귀검에 뒤지지 않는다. 본래의 내 실력이라면 변화의 절반까지 읽어 내다가 힘이 부족해서 허우적대다 죽는 게 정상이다.

하지만 의념이 뭉치고 이내 내 마음과 함께 움직이기 시작하자 상황이 달라졌다. 멸겁윤회가 귤화위지의 변화를 미리 읽어 내고, 딸리는 신체 능력은 의념으로 때운다. 인간의 몸으로 불가능해 보이는 움직임이라고 할지라도 의념이 완충제 역할을 해 준다.

뜻[意]은 마음을 움직이고, 마음[心]은 기(氣)를 움직이고, 기는 결국 세계의 흐름이다.

아무리 강맹한 흐름이라도 근원을 틀어쥐고 있는데 어찌 난동을 피우겠는가.

그것이 구성천의 전승자가 초월자(超越者)를 이기지 못하는 이유다.

굉음이 울려 퍼지더니 내 한 손이 전면으로 날아오던 기(氣)를 일거에 소멸시켜 버렸다. 귤화위지는 너무나 뜻밖의 일인지 주춤거리며 망연자실했다. 나는 바늘 세 개만 한 구멍이 심장에 뚫린 것을 알아채고는 내공을 소모해서 지혈하기 시작했다.

"당신은 내 사정을 한 번 봐주었다."

마치 내 것이 아닌 듯한 목소리가 입에서 흘러나갔다. 무감정한 눈으로 귤화위지를 바라보던 나는 천천히 입을 열었다.

"일권(一拳)으로 갚아 주지."

꾸우우웅.

다음 순간, 내 몸은 그야말로 바람[風]이 되어서 공간을 일직선으로 갈랐다. 지난바 능력이 분명히 초절정 급인 귤화위지조차 내가 면전에 당도하고 나서야 공격을 알아챈 듯 황급히 손을 휘둘렀다. 그러나 내 주먹은 이미 본 적이 없는 권법을 운용하며 귤화위지의 면전에 틀어박히고 있었다.

"허억!"

뻐억!

피를 뿌리면서 귤화위지가 뒤로 나가떨어졌다. 때리기 전에 힘을 조절했으므로 중상은 아닐 테지만, 적어도 하루나절은 기절해 있을 것이다. 나름대로 손쉽게 이긴 편이라서 절로 입가에 미소가 지어졌다.

"이겼다."

머릿속에 방금 발휘한 무공의 정보가 흘러왔다. 이것은 구성천(九聖天) 서열 구위(九位)에 속하는 아라한신권(阿羅漢神拳). 소림사에서만 전승되는 무상절학(無上絕學)

이며, 근 삼백 년간 불패(不敗)라고 불리는 권법이다. 내가 쓴 것은 아라한신권의 절기 중에서 빠르기로 이름 높은 천상불영(天上佛英)인 게 틀림없었다.

이상한 일이다. 딱히 익힌 기억도 없는데 나는 이미 구성천 절기 중에서 두 가지를 내 몸에 자연스럽게 두르고 있었다. 그것도 깨닫는 순간 상당한 숙련도를 지니고 있다. 수련법은 모르지만 이미 익히고 있었더라는 황당한 경우다.

그때였다.

"너는 정말 이해가 불가능한 녀석이군. 본국삼절 무형검(無形劍)의 강기를 단번에 소멸시키고, 이번에는 아라한신권? 대체 네 정체가 뭐냐?"

질린 얼굴로 비림의 어둠 속에서 알타리가 튀어 나왔다. 그는 못마땅한 눈으로 귤화위지를 흘겨보더니 그를 부축했다. 왜인지는 모르지만 알타리는 처음부터 내가 귤화위지를 죽이지 않을 거라는 사실을 알고 있던 듯했다.

그는 비림에 깔리는 석양과 어둠의 교차점을 바라보았다.

"아니, 사실 나는 네 정체 같은 건 아무래도 좋아. 귤녀석과 싸우게 한 것도 네 잠재력을 끌어 올리기 위한 것뿐이었고, 역량이 올라갔다면 그걸로 된 거지."

"……."

서서히 이성이 돌아왔다. 정확히는 독백과 함께 다른 사람이 되어 있던 인격(人格)이 제자리를 찾는 것이다. 방금 전까지의 나는 태오이지만 동시에 태오가 아니었다. 나는 심장이 꿰뚫린 상처가 벌써 완전히 회복된 걸 깨달았다.

"참술을 전수한다는 건 핑계였소?"

"핑계는 아니지. 겪어 봐서 알겠지만, 귤 녀석은 귀검에 견주어도 떨어지지 않는 초절정고수다. 낙양 최고의 검술 달인과 겨루어서 살아남았다는 자체로 커다란 수련 아니냐."

나는 하마터면 죽을 뻔했던지라 인상을 찡그렸다.

"갖다 붙이는군."

"후후, 맘대로 말해라."

알타리는 쓴웃음을 머금으며 귤화위지를 호숫가에 앉혀 놓고 기를 불어넣었다. 주화입마 당하지 않도록 신경 써 주는 기색이었다. 그는 나를 바라보며 말했다.

"이 녀석의 별호가 귤화위지인 이유를 아느냐?"

"귤화위지는 귤이 변해 탱자가 되었다는 뜻으로 알고 있소. 환경에 따라 사람도 달라진다는 뜻인데……."

"그 말대로다."

잠시 머뭇거리던 알타리가 말을 이었다.

"이 녀석은 본래 고관(高官)의 꿈을 지니고 글공부에 매진하고 싶어 했다. 아주 어릴 때부터 그랬지. 하지만 이 녀석의 가문은 구성천 본국삼절을 전승하는 비밀 무가였고, 아주 어린 나이에 자신의 꿈을 접어야 했다. 본디 과거 장원급제도 노릴 수 있던 녀석이 고작 비림관리나 하는 한직에 있는 건 무공 적성을 살린 결과일 뿐이다."

"……."

"인생에서 사람은 자신이 있을 장소를 그리 쉽게 선택할 수 없어."

나는 왠지 귤화위지라는 별호를 본인이 지었을 거라고 생각했다. 아마도 어린 시절, 알타리와 함께 신세를 푸념하다가 자조적인 의미로 붙인 게 아니었을까. 나는 잠시 동안 귤화위지의 기절한 얼굴을 응시하다가 고개를 돌렸다.

"나는 내가 갈 길을 스스로 선택할 거요, 사숙."

적어도 죽는 자리만큼은 내 뜻으로 만들고 싶다. 어쩐지 이 말을 예전에도 했던 것 같은 기시감이 들었다.

"멋지군."

알타리는 훗, 하고 웃더니 말했다.

"이제 나는 할 일이 있어서 너와 헤어지겠다. 헤어지기 전에 자달 선생의 행방을 알려 주마."

"고맙소."

나는 굳이 알타리의 행방을 묻지 않았다. 둘 다 언제 죽을지 모르는 아슬아슬한 한계에서 움직이고 있다. 쓸데없이 정보를 머리에 담고 있으면 괜히 손끝만 무뎌질 뿐이다.

"자달 선생은 낙양 시가지에서 구룡부(九龍府)라고 불리는 전각에 살고 있다. 평상시에는 백마사(白馬寺) 인근의 자택에서 지내지만, 요 며칠간은 황태자의 교육을 위해 시가지에 계속 머물고 있다고 한다."

"확실하오?"

"내 정보통은 개방(丐幫)이다. 낙양 분타주에게 알아봤으니 확실하겠지."

나는 새삼스러운 눈으로 알타리를 바라보았다. 이 사람은 줄곧 나와 같이 다니고 있었는데 어느 틈에 개방 분타주에게서 정보를 알아냈단 말인가. 내가 생각하는 이상으로 알타리는 다재다능한 천재일지도 몰랐다.

알타리는 등을 돌리고 걸어가며 말했다.

"조심하는 게 좋을 거다. 자달 선생은 현 제국에서 황제의 신임을 받는 다섯 명 중 하나다. 구룡부에 금의위와 동창 요원들이 적어도 수십 명은 될 테니, 지금 거길 가는 건 자살행위라고 할 수도 있겠군."

"그래도 나는 가야만 하오."

"누가 뭐라고 했나? 죽을 때 죽더라도 깔끔하게 죽으란 소리다."

퉁명스럽게 말하는 알타리의 말에서 의도를 깨달을 수도 있었다. 금의위와 동창의 고문은 세상에서 가장 지독한 종류라서 인격을 말살하고 귀축의 나락의 지경으로 빠뜨리기 쉽다고 한다. 고문당해서 유극문을 얽히게 하지 말고 알아서 자진해 달라는 부탁이기도 했다.

나는 고개를 끄덕였다.

"아픈 건 그리 좋아하지 않으니, 안 되면 죽어 주겠소."

"꼬맹이 주제에 죽는단 말을 참 쉽게 하는군……."

못마땅한 듯 중얼거리던 알타리가 귤화위지를 안고 그 자리에서 경공을 펼쳐 사라졌다.

[그럼 힘내라.]

나는 알타리가 사라지면서 남긴 전음을 한 번 되뇌었다.

그래, 힘내야 하는 건 사실이다. 금의위와 동창 요원들이 수십 명이면 본래 내 힘으로는 엄두도 낼 수 없는 곳이다. 정면 돌파는 물론이고, 잠입하기에도 내 은신술이 충분하지 않다. 무공 익힌 지 일 년도 되지 않는 꼬마치곤

고강한 무공이지만, 역시 적의 심장부에 침투하는 건 무리가 있다.

하지만 내 머릿속에는 더욱 복잡한 생각이 맴돌고 있었다.

'난 대체 뭘까?'

지금 내가 익히고 있는 무공은 매우 많다.

성구몽 사부의 사룡광마혈 공력과 광혈인, 태월하 장로의 수선사계, 유극문의 소영검법, 거기에다 구성천의 멸겁윤회와 아라한신권까지. 보통은 평생을 가도 하나 익히기 힘든 것들을 이 몸에 모두 수발하고 있다.

수련 기간이 짧아서 위기를 모면할 때 쓰일 뿐, 익힌 무공들이 익숙해지면 나는 언젠가 천하를 바라볼 수 있는 경지에 이를 수 있을 것이다. 내 성장 속도를 생각하면 그 순간은 그리 머지않을 것이다.

두근.

마냥 좋아할 수 없어서 불안감으로 가슴이 뛰었다. 방금도 심장에 광검으로 구멍이 뚫렸는데, 아라한신권의 천호절(天護絕)과 멸겁윤회의 활류경(活流經)을 동시에 운용해서 즉시 치료해 버렸다. 웃긴 건 내가 언제 천호절과 활류경을 익혔는지에 대한 기억도 없다는 것이다. 그저 숨 쉬는 것처럼 당연하게 시전한 것이다.

머리가 아파 왔다. 나는 지끈거리는 머리를 붙잡고 비림을 벗어났다.

[세상의 모래알이 될 것이오. 거기서 시간이 더 흐르면?]

그렇다. 내 독백은 누군가와 문답(問答)을 하고 있었다. 정신이 혼미한 가운데 맑게 웃는 듯한 독백이 머릿속에 울려 퍼졌다.

[바다! 이 거대하고 이상한 세계의 일부분이 될 뿐.]

4.
자달 선생

"……좋지 않군."

"……."

금의위(錦衣衛) 서열 이위의 권력자, 대영반 하위지는 부복한 채 몸을 움찔 떨었다. 그는 보고를 위해서 암실(暗室)에 들어와 있었는데, 아까부터 숨도 쉬기 힘들었다. 장내에 있는 자들의 면면이 엄청날 뿐만 아니라 무공의 격차도 현저했기 때문이다.

기다란 담뱃대를 톡톡 두들기던 백황령(白皇靈)이 말을 이었다.

"그러니까 하위지, 네 말은 뭐냐…… 나이가 십오륙 세 정도 되는 꼬마아이가 낙양에 숨어들었고, 그걸 나더러 잡아 달라는 말이냐?"

"아, 아닙니다!!"

하위지는 황급히 부정하며 머리를 조아렸다. 그리고 식은땀을 훔치며 말했다.

"삼황령(三皇靈) 어르신께 어찌 제가 감히 명령할 수 있겠습니까! 단지 백황령 어르신의 임무가 황제 폐하의 호위이니, 위협이 될 만한 자를 미리 보고드린 것입니다."

"흐음, 조리에 맞군. 납득했다."

백황령, 황궁의 삼대(三大) 수호령(守護靈)!

그의 무공은 흑황령과 비슷한 수준이었는데, 남룡제보다 낮다고는 해도 충분히 천하무림을 오시할 만한 절대고수였다. 백황령은 흑황령과 다르게 사십 세 정도의 중년인 모습을 하고 있었고, 기다란 담뱃대를 상징처럼 가지고 다녔다.

그는 새하얗게 탈백된 듯한 머리카락을 귓가로 쓸어 넘기며 말했다.

"여하튼 재미있군. 금의위, 동창, 거기에 태천맹까지 쫓고 있다면 천하무림의 구 할이 태오라는 꼬맹이를 쫓고 있는 셈이다. 그런데 왜 하필 모든 본부가 집결해 있는 낙양으로 기어들어 온 게지?"

"저희도 그 원인을 몇 가지로 분석했으나……."

하위지가 눈치를 보자 백황령이 고개를 끄덕였다.

"말해 봐."

"저희는 천산에서 남룡제를 포획하는 데 실패했지만, 그가 태오를 보호하기 위해서 일부러 싸워 줬다는 인상을 받았습니다. 태오가 남룡제에게 중요한 인물이라면, 남룡제와 다시 만나기로 한 장소가 낙양일 가능성이 높습니다."

"그렇겠지. 남룡제의 행방은 알아냈는가?"

"저희로서는 아직…… 그의 천룡신법(天龍身法)이 너무 신출귀몰해서 종적이 끊겼습니다."

백황령은 쓴웃음을 지었다. 기대도 하지 않았지만 입맛이 썼다. 세상에 일백 명이나 되는 금의위 요원과 오만 대군이 동원되어서 이 잡듯이 뒤져도 행적을 알 수 없다니!

'역시 제국의 최대 적수로군.'

하위지가 말을 이었다.

"그래서 만일을 대비해서 금의위 요원의 팔 할을 낙양에 집결시켜 두었고, 태천맹과 연계해서 지룡부 고수를 모두 소집시켰습니다. 당분간 황궁 경비에 총력을 기울이기로 동창 제독과도 합의를 보았습니다."

"그 정도로는 남룡제를 막을 수 없어."

"음, 그리 말씀하셔도 저로서는 더 이상의 병력을 충원할 권한이 없습니다. 황명(皇命)이 아니라면······."

하위지가 곤혹스러운 표정을 지었다. 그로서는 정말 숨기는 것 없이 솔직하게 말한 셈이다. 사실 금의위의 팔 할을 수도에 모아 둔 것도 권한을 살짝 넘어서는 일이었다. 그러자 백황령이 히쭉 웃으며 말했다.

"태천맹에 말해. 천룡부(天龍府) 고수를 되는대로 보내 달라고."

"······!!"

하위지는 부복한 자세 그대로 눈을 부릅뜨고 굳어 버렸다. 생각은 해 봤지만 실현가능성이 희박해서 버려두었던 일이다. 그는 혀가 굳으려는 걸 간신히 의지력으로 이겨 내며 불가능한 이유를 말했다.

"그, 그들은 태천맹주인 초염권성의 명령이 아니면 결코 움직이지 않습니다. 초염권성조차도 그들에게 사정사정 해야 하고······ 저희들이 외압을 넣어서 그들을 움직이려면 적어도 백 일은 시간이 필요합니다."

그러자 백황령이 고함을 버럭 질렀다.

"하위지! 너는 뭐냐?"

"금의위 대영반입니다!"

"황제 폐하의 안위와 태천맹과의 줄다리기, 어느 쪽이

중요하지? 대답해!"

대답은 즉시 나왔다. 하위지는 능력과 충성도 양쪽을 인정받아서 대영반의 위치에 오른 능력자였다.

"황제 폐하의 안위입니다!"

대답이 만족스러운 듯 백황령은 기세를 거두었다. 하위지의 무공 또한 절정의 수위였지만 그는 짧은 순간에 평생 흘릴 땀을 다 흘린 듯했다.

"태천맹을 압박할 구실이 필요하다면 내가 빌려 주지. 너희는 공작에 힘쓰도록."

"설마⋯⋯?"

"잠시 옛날 모습으로 돌아갈 뿐이다."

하위지는 몸을 부르르 떨었다. 백황령의 의도와 그가 하려는 행동을 읽어냈기 때문이다. 하위지는 잠시 생각해 보다가 회의적으로 말했다.

"저희야 상관없지만⋯⋯ 무황령 어른께서 화내시지 않을지요."

백황령은 힘주어 대답했다.

"그건 그와 우리 사이의 계약이다. 알아서 할 테니 너희는 걱정 마라."

"넵, 부탁드립니다."

"흠, 그리고 보니 흑황령 놈은 언제 수도에 돌아오지?"

하위지가 애매한 표정을 지었다.

"나흘 전부터 연락이 되지 않으십니다. 신룡전의 고수들과 함께 계시니 천하에 그분을 건드릴 자는 없으니, 아마 따로 볼일이 생기신 걸로 생각하고 있습니다."

"뭐? 연락이 안 된다고?"

"그렇습니다."

백황령은 처음으로 불안한 표정을 지었다. 그와 흑황령은 운명을 함께한 형제 같은 사이였다. 세상에서 그보다 흑황령의 성격을 잘 파악하는 인간은 없을 것이다. 그의 직감에 흑황령은 남룡제를 쫓는 임무에서 말도 없이 사라질 인간이 아니었다. 무슨 일을 해도 확실하게 경과는 보고하는 성격이었다.

그리고 백황령의 염려대로 일은 이미 벌어지고 있었다.

* * *

그 무렵, 낙양 인근.

"배, 배신이라니."

흑황령은 낙양 백마사(白馬寺)의 한 누각 위에서 어이없다는 듯 탄식을 토해 냈다. 그는 이미 한차례 흉험한 격전을 거친 듯 천지 사방에 폭풍이라도 몰아친 것처럼 파괴의 흔적이 가득했다. 백마사의 승려들은 고수들의 격전을 보고 깜짝 놀라서 대피한 덕에 사상자는 없었지만, 오랜 역사를 지닌 백마사의 사찰은 삼 할 정도가 파괴되어 있었다.

파괴의 흔적보다 더욱 심한 것은 흑황령의 부상이었다. 오종종하고 작은 키지만 명백히 보일 정도로 흉부에 자상(刺傷)이 선명하게 나 있었다. 흑황령은 삼 대 일로 분전했지만 결국 버티지 못하고 중상을 입은 것이다.

"쿨룩."

흑황령이 크게 피 섞인 기침을 토해 낼 때, 도(刀)를 들고 있던 중년 도객이 나직이 말했다.

"배신이 아니오. 검성신룡전(劍聖神龍戰)을 통과해 나올 때부터 죽은 전우(戰友)들과 약속했던 바를 실행하는 것 뿐."

"무슨…… 개소리냐!!"

흑황령은 성난 외침을 내질렀다.

"우리는 강요하지 않았다. 신룡전의 연옥(煉獄)에 들어가기를 원한 건 너희의 의지! 패배자들의 넋두리로 변명하려 하지 마라!"

"그 말이 맞을지도 모르오."

중년 도객은 고개를 끄덕이다가 말했다.

"하나 배신이란 말은 신뢰[信]를 등지는 것[背]. 애당초 그대들과 우리 사이에 신뢰가 어디 있었단 말이오?"

"……."

"그간 치른 희생이 너무 많소. 이만 끝내는 편이 좋겠소."

흑황령은 중년 도객의 말에 기가 막혀서 말을 하지 못했다.

'이제 보아하니, 이놈들은 남룡제를 상대할 때도 설렁설렁 했구나!'

틀림없다. 지금 보이고 있는 무위(武威)는 남룡제 때와는 천지 차이다. 그때는 흑황령의 공격을 보좌하는 정도였는데, 지금은 개개인의 실력이 흑황령에 비해 그리 떨어지지 않는 수준이다! 흑황령의 진실한 정체를 생각하면 당혹스러운 일이었다.

흑황령은 이를 악물었다.

"이놈, 형산백응(衡山白鷹) 회천(回天)! 구성천 서열 사위(四位) 축록경(逐鹿經)을 대성했다고 나를 쉽게 죽일 수 있으리라 생각지 마라!"

"후우, 누가 쉽게 죽일 수 있댔소?"

회천은 한숨을 푹 내쉬었다.

"어렵게라도 죽일 생각이라오. 반드시!"

"……."

필살(必殺)의 의지를 읽은 흑황령은 입을 다물었다. 상대의 의지가 너무 굳어서 더 이상 말로 해 봐야 통하지 않는다는 걸 깨달았기 때문이다. 그는 필사적으로 자신을 삼재진(三才陳)의 형태로 둘러싼 삼인방을 둘러보다가 머리를 묶은 여인에게 말했다.

"청법아(鶄法娥), 그대가 뇌옥에서 버틸 수 있던 게 누구 덕인지 잊은 건가. 은혜를 원수로 갚을 셈인가?"

"음……."

청법아라고 불린 여인은 잠시 침묵하다가 말했다.

"누구 덕인지는 알고 있죠. 황제의 특별 명령 덕에 살아난 거였죠. 자기 공적도 아닌데 생색내는 건가요?"

"무, 무슨."

흑황령은 당황했다. 청법아가 처음으로 뇌옥에 들어갔을 때 그녀는 죽을 위기를 몇 번이나 겪었다. 그 와중에 우연히 자달 선생이 청법아를 도우려고 황제에게 주청을 넣었고, 그 덕에 청법아는 고비에서 빠져나올 수 있었다.

하지만 흑황령은 그때 자기 덕에 나올 수 있던 마냥 으스대며 그녀에게 빚을 지웠다. 뇌옥 안에 있는지라 결코 알 수 없을 것이라고 생각했는데, 지금 청법아는 진실을 모두 파악하고 있는 듯했다.

'이게 무슨 일이지? 신룡전 참가 이래 계속 인외의 지옥에서 살아온 놈들이…… 어떻게 바깥 사정에 이토록 정통하단 말인가.'

지금의 습격도 그랬다. 백마사까지 오자 마치 기다렸다는 듯이 삼재진을 펴서 흑황령을 합공하기 시작했다. 백마사에 금의위나 동창이 하나도 배치되지 않았고, 심지어 태천맹의 이목도 거의 없다는 사실을 알고 있던 것처럼! 흑황령이 외부와 연결할 수단을 끊고자 한다면 백마사는 최고의 장소였다.

흑황령은 누군가가 이들을 돕고 있다는 걸 깨닫고 스산한 표정을 지었다. 만일 외부의 조력자가 있다면 결코 좌시해서는 안 될 문제였다. 이 자리에서 살아 나간다면 반드시 무황령을 위해서라도 조력자를 잡아서 족쳐야 했다.

'일단 이 자리에서 살아남아야 해…….'

쑤욱.

갑자기 흑황령의 몸이 허공에서 그림자처럼 변해서 액체처럼 대지에 빨려 들어갔다. 수황오절(守皇五絶)에 포함된 영화(影化)의 공능을 쓰면 물질계 사이의 공간으로 빠져나갈 수가 있었다. 일반적인 무공으로는 결코 흑황령을 붙잡을 수 없었다.

하지만 그림자로 변한 흑황령이 사 장 정도를 움직였을

때, 갑자기 벼락의 기운을 머금은 도끼가 엄청난 기세로 내려쳐 왔다. 흑황령은 가만히 있다가는 전신이 박살 날 것 같아서 재빨리 피했다.

꾸우우웅!!

말 그대로 뇌전이 천공에서 떨어졌다. 덩치 큰 사내의 도끼질 한 번일 뿐이었는데, 천공에서 수십 줄기나 되는 낙뢰가 떨어져서 흑황령을 공격한 것이다. 뇌전은 술법으로도 버틸 수 없는 자연력이라 흑황령은 전신의 세포가 그슬리는 느낌과 함께 뒤로 물러서야 했다.

덩치 큰 사내가 졸린 눈을 하며 엄중하게 경고했다.

"통구이가 되고 싶은가? 헛수작 부리지 마라!"

"크윽, 둔저(鈍猪)의 무공이군."

흑황령은 옷자락이 크게 타 버린 걸 깨닫고 낭패라고 생각했다. 둔저 대협(大俠)의 무공은 사마(邪魔)를 멸하는 힘이 있어서 수황오절에 상극이었기 때문이다. 다시 한 번 주변을 둘러보았지만 삼재진을 구성하는 자들 중 누구 하나 만만한 자가 없었다.

그는 무서운 눈으로 회천을 쏘아보더니 말했다.

"회천! 내가 순순히 당할 거라고 생각지 마라! 네놈들 중 하나는 목숨을 내놔야 할 것이다!"

고오오오.

회천과 청법아의 얼굴이 굳었다. 흑황령이 내상을 다스리지도 않고 급격히 공력을 증폭시키는 흐름이 느껴졌기 때문이다. 역기행공(逆氣行功)으로 일시적으로 강맹한 힘을 얻는 수법이었다. 보통은 그저 발악에 불과할 테지만, 흑황령 정도 되는 고수가 사용하면 천하에서 보기 드문 마공(魔功)이 되어 버린다.

파앗!

어둠의 창날이 내려 박히는 듯했다. 오종종한 외모의 노인이 그저 손을 휘둘렀을 뿐인데, 두께가 수십 장이나 되는 풍인(風刃)이 초음속으로 날아들어서 박혔다. 회천과 청법아는 어렵지 않게 피해 냈지만 도끼를 든 사내는 꿋꿋이 서서 수황오절을 막아 냈다.

환한 빛이 일어났다. 도끼 사내의 전신에서 희고 둥근 호신강기가 저절로 일어난 것이다. 그것도 별로 집중도 없이 만들어진 거라 기에 대한 이해도가 대단하다는 걸 알 수 있었다. 회천이 옆에서 그 모습을 보더니 감탄했다.

"과연 망남(望嵐)!!"

"회천공, 서둘러 제압합시다. 시간을 주면 좋지 않소."

"좋지."

회천과 청법아는 다음 순간 흑황령의 곁으로 날아들고 있었다. 공력이 증폭된 흑황령이라고 하지만 신룡전에서 살아남고 육체와 정신이 초인(超人)의 경지에 접어든 두 사람의 습격은 어찌할 수 없었다.

퍼벅!

회천의 형산십이풍뢰(衡山十二風雷)가 좌반신을 쓸고 청법아의 천부십지(天賦十指)가 정면을 공격해 오자 흑황령은 전신을 떨었다. 위력이 너무 거세서 그의 호신강기로도 제대로 버틸 수가 없던 것이다.

"크악!"

결국 흑황령은 비명 소리를 내지르며 오 장 밖으로 빠르게 튕겨 나갔다. 그가 단전 쪽에 중상을 입은 걸 파악하고 망남이 재빨리 날아와서 수급을 끊으려 했으나, 흑황령이 또다시 그림자로 변화하는 바람에 헛손질을 하고 말았다.

뇌벽(雷壁).

망남이 선천진기를 이끌어 내며 중단전의 힘을 여과 없이 사용했다. 동시에 그의 도끼 끝에 다시금 뇌전의 기운이 맺히더니, 저절로 사방의 어둠을 향해 뻗어 나갔다. 흑황령은 또다시 뇌전에 당해서 몸을 떨며 허공에 나타났다.

파지직!

이윽고 망남이 도끼 끝을 목 위에 갖다 대자 흑황령은 절망한 표정을 지었다. 그냥 무공이 강한 놈들이면 모르되, 망남은 자신의 술법을 완전히 봉쇄할 수 있었다. 이대로라면 그가 살아날 방법이 없었다.

"날 죽이면…… 무황령(無皇靈)이 너희의 문파와 가족을 모조리 쓸어버릴 것이다."

"처음부터 하던 소리군."

"그래도 상관없느냐?"

"그렇게 길게 내다볼 필요도 없소."

망남은 무덤덤하게 중얼거렸다.

"우린 황제(皇帝)를 죽일 거요."

"……!!"

순간, 벼락 맞은 듯한 표정을 짓던 흑황령이 곧 광소를 터뜨렸다.

"크흐…… 크하하하하!! 신룡전을 통과했다고 천하에 뵈는 게 없구나! 아무리 절대초인(絶對超人)의 권능을 얻었다 해도 너희 셋이서 금의위, 동창, 백황령을 뚫고 폐하께 해를 미칠 순 없다!"

"우리뿐이라면 그렇겠지."

"……뭐?"

망남이 싸늘하게 말을 이었다.

"우리가 어떻게 무황령과 십대고수(十代高手)의 이목을 뚫고 '제약'을 풀었는지 궁금하지 않소? 우릴 도와준 자는 충분히 그만한 틈을 만들어 줄 거요."

"대…… 대체 그게 누구냐!"

"저승에서 물어보시구려."

서걱.

그것이 사파 양대 마왕, 흉신악살(凶神惡殺)의 제자인 흑황령의 최후였다. 수십 년에 걸쳐서 쌍룡제와 혈투를 벌여 온 일대의 고수답지 않은 허망한 죽음이었다. 망남은 흑황령의 수급을 더럽다는 듯 내려다보다가 회천에게 말했다.

"회천공, 내일 낙양에 들어가고 모레 치는 계획이 맞지요?"

"계획상으로는 그렇소만."

회천은 자신의 턱을 잠시 쓰다듬었다. 그는 이들 중에서 가장 나이 들고 현명한 자라서 실질적인 수장 역할을 하고 있었다.

"아마 함정일 것이오. 토사구팽(兎死狗烹)이 틀림없겠지."

"목숨이 아깝진 않소."

"난 아까운데. 제자 백아(白牙) 놈도 다 못 가르쳐서."

망남과 청법아가 물끄러미 회천을 바라보았다. 그들은 모두의 도움으로 제약 없이 신룡전 뇌옥을 빠져나올 때 이미 황제를 죽이는 데 모든 목숨을 걸기로 했다. 이제 와서 회천이 이런 말을 하는 데는 뭔가 이유가 있다는 생각이 들었다.

"목숨과 목적, 둘 다 이룰 방법이라면 있지."

아니나 다를까, 회천은 자신의 도를 집어넣으며 말했다.

"일승도극지굉명(日昇刀極地轟明)이라고 했지. 환룡(幻龍)이 우릴 도와줄 것이오."

"총관이 뭐라고 하지 않을까?"

"그는 그저 신룡전의 규율을 지키고 싶어 할 뿐이오. 상관하지 않을 거요."

회천이 팔짱을 끼며 말했다.

"뭐, 어차피 그가 우리의 영혼을 쥐고 있는 한 어느 정도 따라 줘야 하겠지……."

*　　　*　　　*

내가 자달 선생이 묵고 있는 구룡부(九龍府)에 도착한 것은 반나절 후의 일이었다.

찌르륵, 찌르륵.

한밤중이라서 그런지 사방에 벌레 소리가 가득했다. 더운 날씨라서인지 사방에 열기가 가득했고, 길가의 행인들도 더위 때문에 기가 질려 하는 기색이었다. 통금령이 있는데도 더위 때문에 조그마한 호롱불을 밝히는 걸 보면 정말 더운 모양이다.

하지만 나는 조그마한 건물의 지붕에 몸을 숨기고 앉은 채 뚫어져라 전면의 구룡부를 바라보았다. 거리는 약 삼십여 장. 뛰어가면 아마 몇 달음 만에 전각 안으로 날아들 수 있을 것이다. 지금의 내 무공은 충분히 강호의 절정고수 급이라고 할 수 있으니까.

'문제는 자달 선생을 만난 다음에 어떻게 하냐는 거야.'

좀 더 시각이 야심해지면 잠입에는 큰 무리가 없을 것이다. 다만 만나서 어떤 말을 해야 할지가 궁색해졌다. 남룡제가 찾아가라고 해서 왔다는, 그 한 마디만으로 자달 선생이 과연 내 말을 믿어 줄까? 야밤의 침입자를 당장 죽이려고 하지 않는 게 다행일 것이다.

불행인지 다행인지 주변에는 금의위의 모습이 거의 보이지 않았다. 여기저기에 무공을 익힌 고수들이 쫙 깔려 있었지만, 설마 이곳에 목표라고 생각지는 않는 듯 했다. 나는 잠시 심호흡을 한 뒤 서서히 움직였다.

'쳇, 알 게 뭐냐. 서둘러서 끝내 버리자.'

시간을 끌수록 내겐 좋지 않다. 마도(魔都)가 되어 버린 낙양에 오래 있으면 잡혀 죽는 건 시간문제다. 죽든 살든 서둘러 자달 선생을 방문해서 용건을 알아보는 게 최선인 것이다.

스스스스.

소영보(消影步)가 펼쳐졌다. 나는 기와에 거의 발을 딛지도 않은 채 일 보에 오륙 장씩 나아가고 있었다. 예전이라면 꿈도 꿀 수 없을 경공 경지지만, 아무래도 귤화위지와의 사투 이후로 뭔가 비결을 터득한 모양이다.

퉁!

누각 전대에서 구룡부의 육층으로 단숨에 뛰어 올라갔다. 적어도 십여 장은 되는 거리였지만 내 몸은 가볍게 대각선을 날아서 소리 없이 착지했다. 문득 성구몽 장로가 내 경지를 좀도둑에 비교하던 일이 생각나서 웃음이 나왔다.

바람과 함께 서서히 걸어 들어오자 구룡부의 안쪽이 눈에 들어왔다. 여러 개의 방이 오밀조밀하게 붙어 있고, 큰 복도가 한 층을 가로질러 있는 구조였다. 향내 나는 목재로 되어 있는 건물이라 고아한 향취가 느껴졌다.

"음, 태사쯤 되면 자달 선생은 역시 최상층에 있겠지."

나는 혼잣말을 하며 벽에 붙었다. 그리고 숨을 천천히

쉬면서 기감(氣感)을 끌어 올렸다. 누가 가르쳐 준 적도 없지만, 지금의 나는 인간이 자연스럽게 내뿜는 기(氣)와 호흡(呼吸)을 먼 거리에서 느끼는 게 가능했다. 이렇게 좁고 복잡한 건물에서도 마치 곁에서 보고 있는 것처럼 생명체의 위치를 정확하게 파악할 수 있는 것이다.

한참을 가다 보니 물청소를 하고 있는 십대의 가녀린 소녀가 보였다. 아마도 구룡부에서 일하는 시비(侍婢)일 것이다. 하필이면 내가 가는 정면 통로에 있어서 나는 잠시 고민하다가 손가락 끝에 기를 모았다.

'탄지점혈(彈指點穴). 그것도 격공(隔空)이라…… 해 본 적 없는데, 될까?'

나는 스스로도 반신반의하면서 검지손가락을 튕겼다. 그러자 소리 없이 튕겨 나간 지공이 시비의 목에 정확히 박혔다.

"아."

풀썩.

그녀는 벙찐 표정을 하더니 손걸레를 손에 쥔 상태로 모로 쓰러졌다. 정확하게 혈을 눌렀다면 목숨에 지장에 없을 것이다. 나는 재빨리 다가가서 내가 정확히 눌렀는지를 확인한 후 자리를 떠났다.

그러고 확신했다.

내 무공은 또다시 증진했다! 이제는 내 또래는커녕 삼사십 대의 절정고수들과도 대등 이상으로 겨룰 수 있을 것이다. 멸겁윤회나 아라한신권을 잘 운용하면 그 이상도 가능하다. 십 년 이래로 천하제일을 바라보는 것도 어쩌면 가능할지도.

'그러니까, 이 정도는 문제없이 통과해야지.'

나는 팔층에서 넓은 공간에 여기저기 금의위 요원들이 잠복해 있는 걸 알아채고 쓴웃음을 지었다. 아직까지 그들은 내 존재를 알아채지 못했지만, 저렇게 계속해서 숨어 있는 걸 보면 밤을 샐 기세로 온 게 분명하다. 결국 강행돌파를 하지 않으면 자달 선생을 만나는 건 불가능했다.

'총 열세 명…… 하나같이 일류 급 고수들이군.'

난처하다. 말이 일류 급 고수지, 지방에서는 충분히 보기 드문 실력자이며 진법이라도 수련했다면 절정고수라도 얕잡아볼 수 없다. 이 정도로 엄중한 경계가 펼쳐져 있는 걸 보면 아마 최상층인 구층에 자달 선생이 있는 건 틀림없었다.

우우우우.

나는 서서히 공력을 끌어 올렸다. 지금 내게 저들 모두를 가볍게 속일 수 있는 신법이 없는 이상, 싸움은 피할 수 없었다. 이왕 싸울 거라면 신속하게 제압하는 게 최선이다.

투웅!

내 몸이 팔층의 입구에서 공기를 뚫고 튀어 나갔다. 제일 가까이에 있던 잠복자는 반응이 늦었는지 내 일권(一拳)에 명치를 맞고 그대로 기절해 버렸고, 두 번째도 마찬가지였다. 나는 숨을 두 번 내쉬기도 전에 무려 여섯 명이나 되는 금의위 고수를 제압했고, 반격은 그다음부터 날아오기 시작했다.

"웬 놈이냐!"

"죽어라!"

키키킹!

삽시간에 약속이라도 한 것처럼 금의를 입은 고수들이 튀어나와서 내게 검을 휘둘렀다. 그들 하나하나가 선명한 검기를 사용할 수 있는 실력자라서 정확하게 피하지 못하면 나도 큰 부상을 피할 수가 없었다.

아라한신권(阿羅漢神拳).

광혈인(光血印).

두 가지의 초상승 절학이 내 손에서 합쳐졌다. 섣불리 검을 쓰는 건 내 출신을 알려 줄 위험이 있어서 이 자리는 되도록 권법만으로 돌파하기로 마음먹은 것이다. 강맹하고 빠른 권법의 투로(鬪路)에 폭발하는 성질이 섞이자 금의위 고수들은 속절없이 나가떨어지기 시작했다.

퍼펑!

"크악!"

"무슨…… 이런 권법이……."

네 명을 한달음에 날려 버리고 나자 나머지 세 명은 주춤거리며 물러섰다. 그들 중 한 명이 호루라기를 부르려고 했지만, 나는 재빨리 달려들어서 발차기를 날려 버렸다. 어쩔 수 없다는 걸 깨달은 듯 두 사람은 결사의 태세로 버티고 섰다.

나는 비아냥거렸다.

"목숨을 걸 생각인가? 너희가 무엇을 위해 목숨을 거는지는 알고 있나?"

그러자 선두에 서 있던, 수염을 기른 금의위가 번득이는 눈초리로 나를 노려보았다.

"제국을 위해서!"

다음 순간, 나는 깜짝 놀랐다. 실력으로 전혀 상대가 안 되는데도 두 사람의 금의위는 자신의 목숨을 돌보지 않고 동귀어진의 태세로 공격해 왔기 때문이다. 이 상황에서 방법이 없기도 하지만 너무나 쉽게 죽음을 선택하는 행위에 어이가 없어졌다.

물론 아라한신권은 그렇게 허술한 절학이 아니다. 나는 복면을 흩날리며 십여 초 만에 그들을 기절시키는 데 성공했고, 이마의 땀을 닦으며 두 사람의 몸을 땅바닥에 내려놓았다. 마지막에 안 죽이느라 고생했다.

젠장, 그냥 양심의 가책 없이 죽일 수 있으면 편할 테지만……

"자기 자신을 위해서 불살(不殺)을 견지하는 거예요."

예화의 목소리가 머릿속에 떠올라서 함부로 사람을 죽일 수가 없었다. 이렇게 지금처럼 실력 차가 나는 경우에는 더더욱 살인을 하고 싶지 않았다. 나는 복잡한 심경을 떨쳐 내며 구층으로 향하는 계단을 바라보았다.

저 위에 자달 선생이 있다.

남룡제의 지인(知人)이자 황제의 총애하는 신하이며 황태자를 가르치는 태사(太師)!

낙양 최고의 성인이라고 봐도 좋을 것이다.

저벅.

내가 구층에 걸어 오르니 맞은편에는 수염이 성성한 늙은 문사가 나를 쳐다보고 있었다. 생각 외로 그는 건강하

자달 선생 115

고 정기가 강해 보였는데, 나를 바라보는 두 눈에는 신광(神光)이 비치고 있었다. 척 봐도 범상치 않은 인물인 듯했다.

그는 가만히 나를 응시하다가 말했다.

"기다렸네, 소광검마(小狂劍魔) 태오(太烏)."

나는 목소리를 변조할 방법이 없나 생각했다. 하지만 성구몽 장로도, 태월하 장로도 딱히 그런 수법은 가르쳐 준 적이 없다. 나는 별수 없이 되도록 낮은 목소리를 내면서 늙은 문사의 말에 대답했다.

"당신이 자달 선생이십니까?"

"맞네."

그가 자달 선생인 건 틀림없어 보였다. 새삼스러운 눈으로 그를 쳐다보자 자달 선생이 내게 손짓했다.

"이리 와 보게. 한 식경은 시간이 있으니 얘기를 해 보지."

"죄송합니다만, 이곳은 제게 적지(敵地)입니다. 자달 선생님을 제가 어떻게 믿어야 할지 확신을 주십시오."

나는 일단 한 번 튕겨 보았다. 의심 없이 들어갔다가 맞은편 방 안이 기관 장치거나 진법(陳法)이면 손쓸 도리가 없다. 하도 많은 일을 겪다 보니 의심이 깊어진 것도 당연하다. 내 말에 자달 선생은 잠시 침묵하더니 말했다.

"내가 정말 그대를 잡고자 했으면, 자네가 모습을 보인 순간에 무황령(無皇靈) 직속의 십대고수(十代高手)를 호출했을 걸세. 그자들은 세상에 정체를 드러낸 적이 없지만, 개개인이 천룡부(天龍府)에 못지않은 초고수들이지."

휙.

갑자기 자달 선생이 내게 웬 금종(金鐘)을 던졌다. 내가 얼떨결에 금종을 받자 자달 선생이 말했다.

"그건 십대고수와 금의위를 호출하는 금종일세. 의심나면 시험해 보게."

"……당신을 믿겠습니다."

아직도 확신은 없었지만 이대로 대치한다고 해도 별수 없는 문제다. 나는 금종을 받아 든 채 자달 선생 쪽으로 다가갔다. 그리고 그의 몸을 훑어보면서 자달 선생 또한 무공을 높은 경지로 익힌 고수라는 사실을 깨달았다.

'내공이 심후하다. 결코 백면서생이 아냐.'

달칵.

조그마한 도르래를 이용한 장치로 촛불을 켠 자달 선생은 향내 나는 방 안에서 의자를 끌었다. 그는 반경 일 장이 될까 말까 한 방 안에서 나를 똑바로 바라보며 말했다.

"당금 무림천하에서 가장 날뛰는 악동(惡童)을 보니 재미있군."

틀린 말이 아니었지만, 왠지 얼굴이 붉어지는 걸 느꼈다.

"피치 못할 사정이 있었습니다."

"그랬겠지. 웬만한 사정으로 어찌 고고한 천룡(天龍)처럼 살던 남룡제를 끌어낼 수 있었겠는가."

탄식 비슷하게 읊조리던 자달 선생이 말을 이었다.

"검성지륜(劍聖指輪)을 보여 주게."

예화에게서 받았던 신물이자 표식. 그리고 절세무공의 비기이기도 한 반지. 나는 망설임 없이 손을 들어서 자달 선생에게 반지를 보여 주었다. 검성지륜을 확인한 자달 선생은 침음성을 흘렸다.

"음, 내 예측이 맞았군. 남룡제가 움직일 동기라면 역시 딸 문제밖에 없지……."

"무슨 일이 있었는지 알고 계십니까?"

"나와 남룡제는 삼십 년 지기(知己)일세. 그의 마음은 쉽게 예측할 수 있어. 하나 이렇게 확인하게 되니 썩 기분이 좋지는 않군."

"……."

"예화는 나도 딸처럼 아끼던 아이였네. 총명하고 마음씨 착한 아이지."

왠지 나를 질책하는 듯, 보듬는 듯 교묘한 말투였다. 들으면 들을수록 내 입지가 줄어드는 듯한 느낌이 들었다.

내가 겨우 무거운 공기를 견디고 있을 때 자달 선생이 재차 말했다.

"태오, 자네는 어째서 남룡제가 나를 찾아오라 했는지 알고 있는가?"

"이야기해 주지 않으셨습니다."

나는 쓴웃음을 삼키며 대답했다.

"흑황령이라는 자와 세 사람의 고수가 나타나서 그분을 합공하더군요. 제 실력으로는 도망치는 게 최선이라 더 의견을 나눌 기회가 없었습니다."

"아니, 아무리 흑황령이 있었다 해도…… 고작 네 명이 남룡제를 상대했단 말인가?"

돌연 자달 선생이 당황하는 기색이었다. 나는 그가 어째서 놀라는지 짐작이 되지 않았지만, 일단 사실대로 대답해 주었다.

"남룡제께선 그 셋이 신룡전(神龍戰)에서 나온 자들이라고 하더군요. 저도 자세히는 모릅니다. 하지만 하나하나가 대단한 고수들이었습니다."

그러자 자달 선생이 납득한 듯 고개를 끄덕였다.

"시…… 신룡전! 그랬군."

"뭔가 아시는 게 있습니까?"

"……"

나를 뚫어져라 응시하던 자달 선생이 뭔가를 고민하는 듯했다. 그러더니 수염을 쓸어 넘기며 말했다.

"자네는 관(官)과 무림(武林)이 불가침(不可侵)이라는 사실을 알고 있는가?"

"네."

"신룡전의 고수들은 그걸 깨부술 목적으로 양성된 자들일세. 목표는 천외천(天外天)."

"그게 무슨……."

"지금 중요한 일은 아니니 그 정도로만 알아 두게."

자달 선생은 굳게 닫힌 문을 힐끔 보더니 다급하게 말을 이었다.

"시간이 없어. 일단 내가 알고 있는 것과 자네가 지금부터 해야 할 일을 알려 주지."

"부탁드립니다."

그걸 위해서 찾아왔다. 자달 선생이 내게 답을 주지 못하면 지금부터는 필사적으로 낙양에서 도주해서 평생 동안 도망만 쳐야 하는 삶이 기다리고 있다. 거대한 일에 휘말린 이상, 따라가야 할 목표나 지침은 반드시 있어야 했다.

자달 선생이 가라앉은 목소리로 말했다.

"남룡제가 살아 있다면 십중팔구 황제 폐하를 설득하러 올 걸세. 그도 이제는 황제 암살이 답이 아니란 걸 알고 있으므로 황제를 평화적으로 설득하는 걸 최선으로 여기겠지. 현실적으로 무황령이 황도에 존재하는 한 암살이 불가능하기도 하고."

"네."

"자네는 서둘러 검성지륜에 담겨 있는 무적검(無敵劍) 만승천검결(萬乘天劍決)의 힘을 익히도록 하게. 자네가 도와주지 않으면 남룡제는 낙양에서 최후를 맞이할 걸세."

나는 자달 선생의 말을 듣고 깜짝 놀랐다.

이번 일이 위험하다고 생각했지만, 그 인간 같지 않은 무공을 지니고 있는 남룡제가 죽을지도 모른다니? 도저히 상상도 안 되는 일이라서 내가 굳어 있자 자달 선생이 침중하게 말했다.

"자네가 지금까지 봐 왔던 무림(武林)은 그저 무황령(無皇靈)이 침묵하고 용인하기 때문에 가능한 것이라네. 그자의 무공은 이미 천재지변(天災地變), 혹은 절세무적(絶世無敵)의 경지에 이르러 있지. 만일에 무황령이 남룡제와 맞닥뜨리면, 내상을 입고 있는 지금의 남룡제는 삼백 초도 버티지 못할 게야."

"그, 그 정도입니까?"

나는 나도 모르게 입꼬리를 떨었다. 세상에 그 남룡제를 삼백 초 만에 일대일로 패배시킬 수 있다니! 그런 자라면 인간의 군대나 권력은 아무런 의미가 없다. 천재지변이라고 표현하기에 마땅한 것이다.

자달 선생이 탁자를 손가락으로 두들기며 말했다.

"남룡제를 살리고 싶다면 최대한 빠른 시일 내에 만승천검결을 터득해서 낙양에서 소란을 일으켜 주게. 이목이 집중될수록 무황령이 움직일 가능성이 적어지기 때문일세."

"반대 아닙니까? 어째서 소란스러워질수록 그는 침묵하는 거죠?"

"무황령이 현재 신룡전을 관장하는 관리자이기 때문이라네. 총관이 그의 의지를 대리해서 움직일 뿐, 그 본인은 소란이 벌어질수록 신룡전에만 집중하면서 은둔하는 편이지."

"……."

나는 문득 신룡전의 총관을 떠올렸다.

그는 내게 구성천 서열 삼위의 무공인 호살 멸겁윤회를 전수해 줬다. 듣자마자 바로 극성으로 터득한 나도 정상은 아니지만, 그는 분명히 멸겁윤회를 완벽히 터득한 상태였다. 그것도 아무렇지도 않다는 듯 내게 전해줄 정도니, 실제로 그가 보유하고 있는 무공은 어느 정도인지 감도 잡히지 않았다.

'스승님들이 공포를 느낄 만하군…….'

당초 유극문을 나올 때는 장로들이 너무 신룡전이라는 존재에 겁을 먹는다고 생각했다. 하지만 얼마 전에 구성천의 존재를 알게 되고, 구성천 무공의 위력을 느끼게 되자 총관의 무지막지함이 실감이 되었다.

"이제 본론으로 들어가지. 자네가 검성지륜을 터득할 방법을 알려 주겠네."

"말해 주십시오."

"자네가 명상 상태에서 검성지륜과 감응해서 내부를 관조(觀照)하게 되면 육도(六道) 십우도(十牛圖)가 비치게 될 걸세. 그걸 보고 얻으면 된다고 남룡제에게 들은 적이 있네."

"십우도?"

내 반문에 자달 선생이 씁쓸한 표정을 지었다.

"나도 더는 모르네. 검성(劍聖)이 불가(佛家)에 영향을 받았다는 것밖에는. 나머지는 자네가 알아서 하게."

쿠쿠쿵!

그때였다. 방이 크게 들썩이면서 아래층에서 폭음이 울렸다. 내가 자달 선생을 바라보자 그는 당황하지 않고 말했다.

"금의위가 통째로 구룡부를 폭파시키려는가 보군. 오전에 그들이 폭약을 지하에 매설했네."

"뭐라고요?! 그런데 어째서 여기 있던 겁니까?"

"자네를 만나기 위해서 나도 목숨을 걸었네. 추리를 거듭한 결과, 자네가 반드시 나를 찾아올 것이라고 예상했네."

자달 선생은 허공을 바라보았다.

"금의위는 이 기회에 눈엣가시 같은 나도 함께 처리하고 싶을 걸세."

"무슨 말입니까? 일단 여기서 나가지요."

나는 서둘러 자달 선생의 손목을 잡았다. 지금 건물이 붕괴하는 중이라고 해도 재빨리 창가에 장력으로 틈을 만들고 경공으로 날아가면 충분히 살 수 있다. 하지만 자달 선생은 뛰어난 금나수로 내 손을 쳐 내더니 뒤로 물러섰다.

"나는 자네와 함께 갈 수 없네."

나는 자달 선생이 손을 쳐 냈다는 사실에 놀랐다. 아까부터 상당한 무공을 지니고 있다고는 생각했지만, 본신의 무공이 결코 나에 뒤지지 않는다는 걸 느낀 것이다.

하지만 지금 중요한 것은 그게 아니었다.

"네?"

"시간을 벌어 주겠네."

쿠웅!

뜬금없이 자달 선생이 내게 장력을 날렸다. 말도 안 될 정도로 거대한, 일 장 크기의 장인(掌印)이 유형화되어서 내게로 날아왔다. 나는 별수 없이 막아 냈지만, 연이어서 세 번이나 중첩되어서 날아오는 바람에 뒤로 크게 밀릴 수밖에 없었다.

'이건…… 밀종대수인(密宗大手印)?'

커다란 파괴음과 함께 내 몸이 건물을 넘어서 허공으로 날아갔다. 나는 그제야 자달 선생이 나를 떨쳐 내려고 일부러 공격했다는 사실을 깨달았지만, 허공에서 재차 몸을 뒤틀 정도의 경공은 아직 존재하지 않았다.

내가 땅으로 떨어질 때 자달 선생의 육합전성이 들렸다.

[부탁일세. 남룡제를 도와주게!]

쿠르르르릉!

다음 순간, 나는 땅에 착지하며 맞은편에 보이는 구룡부의 건물이 단번에 무너지는 걸 발견했다. 거대한 전각이 한 번에 무너지는 형상은 현실감이 없었다. 나는 멍하니 그 광경을 바라보다가 생각했다.

'설마……' 자신의 죽음으로 시간을 끌겠다는 건가?'

탈출했다면 모르되, 시체가 발견되지 않는다면 금의위에서도 전력을 다해서 자달 선생의 시체를 확인해야 할 것이다. 그리고 조사 과정에서 금의위의 낙양 경비는 허술해질 것이다.

나는 조심스럽게 자달 선생의 생존 가능성을 점쳤다. 하지만 아무리 호신기공이 뛰어나도 저 정도의 파괴된 전각에서 살아남는 건, 인간으로서 불가능에 가깝다. 자달 선생이 일부러 목숨을 내버린 거라는 생각을 지울 수가 없었다.

목숨을 건다.

그 말의 무게가 뼈저리게 머릿속에 박혀 들었다.
"……젠장."
나는 이를 악물고 다시 움직였다. 감상에 젖어 있을 때가 아니다. 한시라도 빨리 검성지륜에 존재하는 만승천검결을 터득해서 강해져야 지금의 상황을 타개할 수 있는 힘을 손에 얻을 수 있을 것이다.

5.
태천맹(太天盟)

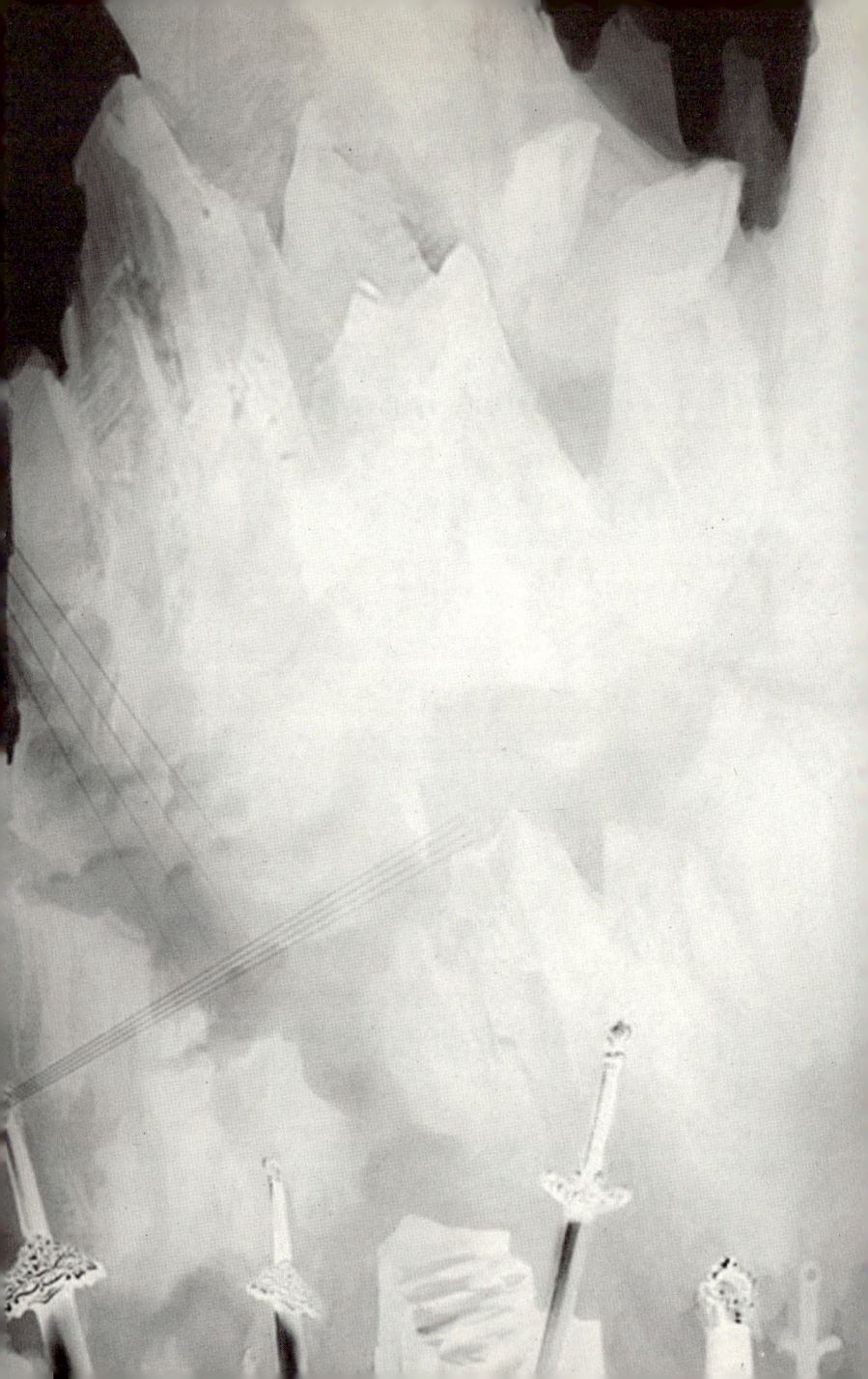

사내는 멍하니 눈물을 흘렸다.

그는 지금 막 돌아왔다.

고향의 오래된 밤나무 그늘 아래에, 그 아래 아이는 잠들어 이십 년간을 아버지가 갖다 놓은 꽃도 보지 못하고.

스무 해 동안 봄이 되면 잎이 돋아나고 새가 울었다. 자그마한 무덤 위에 또 스무 해 동안 가을이 되면 잎이 떨어져 버리고 열매도 떨어졌다.

그 무덤 위에.

그는 지금 돌아왔다. 무덤의 주인의 이름은 그의 사촌 형, 남궁익(南宮溺)이었다. 물에 빠져 죽을 것 같다고 하는 이름이었다. 그의 아버지는 남궁가 혈사 때 겨우 살아 남았지만 아이의 무덤에 꽃을 갖다 놓는 것밖에 하지 못했다.

꾸욱.

사내는 말없이 천공으로 시선을 올렸다. 이 땅에는 죽음이 너무 많다. 가장 용서할 수 없는 것은, 이 산에 존재하는 수백 개의 봉분을 만들고 남궁가의 명예를 더럽힌 자들이 지금도 당당하고 활기차게 살아가고 있다는 것이다.

마지막으로…… 아버지가 그에게 남긴 유언이 생각났다.

"후후."

곧 그는 자조적으로 웃었다. 이성적이라고 생각했던 자신이 이토록 격정에 사로잡힐 줄이야.

하지만 생각이 나 버렸으니 어쩔 수 없다.

자, 복수를 시작해 보자. 시작한 김에 화끈하게.

전화(戰火)가 이글거리며 눈앞을 채운다.

언제부터였을까, 이 세상에는 인간과 인간이 아닌 자가 공존(共存)하고 있었다. 위와 아래, 부유한 자와 가난한 자, 죽는 자와 사는 자가 혼돈처럼 맴돌고 있었다. 약한 자는 모든 것을 빼앗기고 죽어가는 세월이 끝도 없이 반복되는 것만 같았다.

검성(劍聖)의 칭호를 얻은 것은 악(惡)의 굴레를 타파해서가 아니었다. 그저 가장 거대한 악(惡)을 여러 번 제거한 것에 지나지 않는다. 소악당과 업의 굴레는 세계에 끝없이 흐르고 있었고, 어떻게 해 볼 여지가 없었다.

그래도 노력했다. 어떻게든 노력해서 세상을 좋게 바꿔 보려고 했다. 태천맹(太天盟)이라는 단체도 그 때문에 만들어졌고, 흉신악살이라고 불리던 마두들도 갱생시켰다.

"……"

머리가 어지럽다.

나는 아까부터 인적 없는 곳에서 검성지륜을 손에 들고 가부좌를 틀고 있었다. 정신감응이 무엇인지 잘 모르지만, 중단전(中丹田)의 묘용을 통해서 정신을 집중했다. 그러자 점차 반지의 표면이 맑은 호수처럼 비쳐 보이고 반야(般若)의 상태로 접어들었다.

그리고 아까부터 반 시진 동안 계속해서 환영과 환각을 보고 있었다. 나는 끝도 없이 타인의 감정을 비쳐 보면서 생각을 없애고 있었다.

"어지럽군."

죽고 있다. 내가 검성지륜을 통해서 비쳐 보고 있는 건 아마도 검성의 생애(生涯)인 듯했다. 그가 사십 대 이후부터 겪었던 일이 주마등처럼 뇌리를 스쳐 지나가고 있었다.

쿠르릉!

문득 기억 속에서 거대한 회전(會戰)이 펼쳐지는 광경이 눈에 보였다. 복색을 알 수 없는 야만족의 전사들과 한족(漢族)의 대군(大軍)이 평야에서 맞붙었다. 양쪽의 병력은 최소한 일만 단위를 넘어서고 있어서 전쟁인 게 명백했다.

인간이 죽는다. 계속 죽는다. 이유도 모르고, 생각도 없이, 국가라는 이념에 매몰되어서 사라져 간다. 그들의 영혼은 대지에 묶이면서 천천히 망념(妄念)을 세상에 남기고, 이윽고 대지가 증오로 불탔다.

이런 일은 세상 곳곳에서 벌어지고 있었다. 그건 전대(前代) 황제(皇帝)가 벌인 이민족 정벌 전쟁 때문이었다. 원래 공물을 받으면서 공존하던 세계의 형태가 점차 거대한 제국(帝國)을 성립시키려는 확장전으로 바뀌어 갔다.

검성이 생존하던 약 칠십여 년 동안 벌어진 전쟁의 횟수는 이백여 번이 넘는다. 그 와중에 죽은 인간의 숫자는 이백만 명이 넘었다. 이민족까지 포함한 숫자이니, 엄청난 손실이 있었던 게 틀림없다.

나는 검성지륜을 통해 읽어 들이는 기억에서 고통을 느꼈다. 검성이라는 인간이 어마어마한 무력(武力)에도 불구하고 느껴야 했던 좌절감이 느껴졌다. 나는 거기까지를 들춰 보고는 잠시 명상을 멈추고 한숨을 쉬었다.

"후우, 젠장…… 어쩌란 거야?"

남룡제가 황제를 등지고 암살하려 했던 이유도 대충 알 수 있었다. 황제는 계속해서 이민족을 정벌하고 제국을 확장시키려 했고, 그 와중에 엄청난 희생이 따를 것도 각오했다. 검성의 손자였던 남룡제는 그 야망을 좌시할 수 없어서 구성천의 계승자인 북룡제와 손을 잡고 황제를 없애기로 마음먹은 것이다.

하지만 나로서는 복잡한 심경이 될 수밖에 없었다. 검성의 기억에 비쳐 보기로 황제는 악인(惡人)이 아니었다. 단지 전 세계를 하나로 만들어서 평화로운 시대를 후대에 넘겨주려는 사람이었다. 나는 그 때문에 피해를 본 일이 없으니 손쉽게 검성의 이상(理想)에 공감할 수가 없었다.

그리고 이어서 검성지륜에 새겨져 있던 만승천검결이 뇌 내로 들어왔다.

칠지음(七知音)이라고 불리던 선인(仙人)들로부터 시작된 무공. 그 유래는 명확하지만 검성이 만승천검결을 얻은 과정은 명확하지 않고 희뿌연 안개처럼 흐려져 있었다. 단지 세계의 소리[音]를 듣고 자신의 내부로 흡수시킴으로써 발동하는 기괴한 방식의 무공이었다.

만승천검결의 구결은 총 일백팔 자(字)였다. 나는 만승천검결의 구결이 뇌 속에 맺히는 걸 느끼다가 머리가 어지러워져서 기침을 했다.

"쿨룩."

머리가 아팠다. 그리고 검성지륜을 통해 사람마다 얻는 게 다르다는 이유도 깨달을 수 있었다. 이건 그저 검성의 생애와 경험을 후인(後人)에게 전해 줌으로써 그 사람의 잠재력(潛在力)을 격발시키는 과정에 불과하다. 만승천검결은 특정한 무공이라기보다는 지침서나 다름없는 것이다.

꿀럭거리면서 내면에서 악의가 새어 나왔다. 동시에 내가 지금까지 익혔던 멸겁윤회, 광혈인, 수선사계, 아라한 신권의 무공이 뒤섞이면서 하나가 되는 게 느껴졌다. 하나의 무공을 수백 가지 방식으로 풀어내는 장대한 과정이 매우 짧은 순간에 이루어지고 있었다.

"헉, 헉……."

육도(六道)가 보인다.

말 그대로 이 세상을 구성하는 영력(靈力)이 어둠 속에서 새파랗게 떠오르는 게 보였다. 나는 조용히 세상을 관조하면서 내면으로 침잠해 들어갔다. 그리고 하나의 의문이 머릿속으로 떠올랐다.

'검성의 무공이 구성천의 일위(一位)인 걸까?'

검성의 지식에는 구성천에 관해서는 거의 아는 바가 없었다. 이상한 일이지만, 검성은 구성천의 전승자에게 지나칠 정도로 관심이 없던 것이다. 그래서인지 나는 구성천에 속한 무공에 대해서 명확한 정보를 얻을 수가 없었다.

우우우우.

푸른 기운이 고리의 형태를 하며 내 몸 주변에서 맴돌았다. 나는 이후로 반 식경 동안 가부좌를 틀고 매우 천천히 호흡을 하면서 기(氣)를 갈무리했다.

생사현관(生死玄關)이 타통되었다. 영약을 먹고 뭉쳐있던 내공이 검성의 경험에 따라서 빠르게 몸의 경락을 훑어 내리면서 이뤄진 결과였다. 나는 내가 몇 단계나 강해졌다는 사실을 깨닫고 희미한 미소를 지었다.

"한바탕 날뛰어 볼까?"

나는 일주일 사이에, 아니, 사나흘 사이에 엄청나게 강해졌다. 하지만 여전히 내 앞은 가시밭길이고 험난했다. 드넓은 마도(魔都) 낙양에는 틀림없이 나와 맞먹거나 뛰어넘는 고수가 존재할 것이기 때문이다. 아마 섣불리 행동하다가는 죽을 위험이 높았다.

그래도 나는 바로 지금부터 낙양에서 사건을 일으키기로 마음먹었다.

대의(大義).

웃긴 일이지만 자달 선생의 죽음을 보면서, 그리고 남룡제의 일족이 겪은 일을 보면서 일종의 무게감을 느꼈기 때문이다. 책임감이라고 해도 좋다. 정말로 세상을 좋게 바꿔 보려는 사람들이 있다면, 한 손이나마 거들어 주고 싶다는 생각이 들었다.

그건 평생을 공허하게 살아온 내 자신에 대한 면죄부이기도 했다. 나는 지금까지 무협 소설을 읽으면서 그들의 무(武)와 협(俠)에 감동했다. 내가 무협 소설을 좋아했던 건, 그렇게 자유롭고 정의롭게 자신의 신념을 다하며 살아가는 사람들을 부러워했기 때문일지도 모른다.

하지만 세상에 직접 나와서 마주한 무림이라는 세계는 그저 약육강식과 힘이 지배하는 세계였다. 검성의 노력으로 한차례 바뀌었는데도 이렇다면, 어쩌면 구제할 도리가 없는 지옥(地獄)일지도 모른다. 그렇다면 나는 최소한의

협(俠)이 존재한다는 사실을 믿기 위해 노력을 하고 싶었다.

'몰라. 살아남으면 다음 일은 나중에 생각하자.'

힘을 얻은 지금은 행동해야 할 때다.

나는 그렇게 생각하며 서서히 자리에서 일어났다. 이곳은 낙양 중경(中京)의 이름 없는 골목 안이었다. 지금쯤 금의위, 동창, 태천맹의 무인들이 낙양 곳곳을 수색하며 돌아다니며 천라지망(天羅之網)을 구성하고 있을 테니, 이 장소도 머지않아 발각될 것이다.

'가 볼까?'

생각이 끝난 순간, 내 몸은 순식간에 오륙 장을 단숨에 단축시켜서 날아갔다. 땅에 거의 발이 닿지도 않을 정도였으니, 기와 경공 재간이 크게 늘어난 게 틀림없다. 내가 허공으로 뛰쳐 오르자 어딘가에서 외치는 소리가 들렸다.

"수상한 놈이다!"

"소광검마 태오인가!"

퓨퓨퓻.

외침과 함께 여기저기에서 강전(綱箭)과 암기(暗機)가 날아들었다. 나는 그 모든 것을 일검(一劍)에 쳐 내며 앞으로 내달렸다. 습격자들은 내가 어렵지 않게 검막(劍幕)을 구사하자 당황해하는 기색이었다.

"아, 아니?!"

"저 나이에 검막을……!! 무슨 말도 안 되는!"

콰콱!

내가 땅에 내려앉자 다음 순간 여덟 명의 무림인이 암경(暗經)에 얻어맞고 동시에 쓰러졌다. 광혈인에 포함된 탄격공(彈隔功)의 구결을 구사하니 적을 죽이지 않고도 쉽게 쓰러뜨릴 수 있었다. 나는 지금껏 써 본 적이 없는 무공의 응용법을 구사하자 신기한 기분이 들었다.

'검성지륜 만승천검결은 정말 대단하구나! 내가 익히고 있던 무공들을 최대한으로 끌어 올리고 있는 게 당연하다는 느낌이다.'

콰콰쾅!

장력(掌力)을 날려 시가지에 희뿌연 먼지를 날리자 추격자들이 당황하는 기색이었다. 나는 그 틈을 타서 좁은 골목으로 숨어들면서 연신 앞을 가로막는 적을 쓰러뜨리기 시작했다. 검은 되도록 쓰지 않았고, 주먹과 발길질만으로 적을 상대했다.

일각 정도가 지나자 나는 벌써 일백여 명 이상을 기절시킨 상태였다. 보통 이 정도로 움직이면 체력이 고갈되어야 정상이겠지만, 내 몸은 전혀 지친 기색이 없었다. 체력과 공력이 무한이라도 되는 것처럼 점차 몸이 덥혀지는 느낌만 들었다.

퍼엉!

내 쾌진격(快進擊)은 일백오십구 명째에서 막혔다. 내가 태천맹의 무사 서너 명을 동시에 쓰러뜨리고 이동하려 할 때 강맹한 창날이 기를 머금고 날아들었다. 지금까지의 어중이떠중이와는 달리 제대로 된 달인(達人)의 일격이라 나는 별수 없이 멈춰 서서 막아야만 했다.

내가 광혈인의 수법으로 통기(通氣)를 쳐 내자 일찍이 본 적이 있던 얼굴이 지붕 위에 사뿐히 내려앉았다.

"당신은…… 흑영창 임괴."

나는 상대의 얼굴을 알아보고는 무미건조하게 중얼거렸다. 그러자 지룡부 서열 사위의 고수, 흑영창 임괴는 고개를 끄덕이며 자신의 흑영창을 내게 겨누었다.

"간만이군, 태오. 그간 많이 날뛰었더군."

"임괴 대협, 나를 막지 마십시오. 원한 없는 사람에게 부상을 입히고 싶지 않습니다."

내가 진심을 담아서 말하자 흑영창 임괴는 훤칠한 얼굴을 일그러뜨리더니 파안대소했다. 그는 진심으로 즐거워 보였다.

"크하하하! 어느새 건방진 말을 할 수 있게 되었구나. 하긴 그 어린 나이에 그 정도 실력을 지녔다면 충분히 홀

룡하지."

"실력을 믿고 이러는 건 아닙니다. 불살(不殺)을 제 신념으로 삼기로 했습니다."

"불살이라?"

흑영창 임괴는 의외의 말을 들었다는 듯 고개를 갸웃했다. 그러고는 창을 늘어뜨리며 말했다.

"태오, 자네가 어째서 그런 생각을 하게 되었는지는 몰라도 그건 불가능한 일이야. 우리가 무공을 익히는 건 결국 적을 무찌르기 위해서이며, 결과적으로 자신을 둘러싼 모든 것을 지키기 위해서이지. 손을 더럽히지 않으면 안 되는 게 무림인일세."

나는 힐끔 주변을 둘러보았다. 흑영창 임괴와 대화를 하는 사이에 무림인들이 곳곳에서 몰려들고 있었다. 개중에는 금의위도 있었고, 태천맹의 고수들이 대부분이었다. 간간이 가면을 쓴 흑의고수들도 있는 걸로 봐서 동창(東廠)도 이 자리에 나온 것 같았다.

나는 포위망을 신경 쓰지 않고 담담하게 대답했다.

"태천맹의 고명한 절정고수가 그런 말을 하다니, 의외네요."

"나는 그저 뛰어난 고수와 만날 기회가 많아서 태천맹에 있을 뿐, 정파의 이념에는 별 관심이 없다네. 오늘도 고수와 겨룰 수 있어서 즐겁고 말이야."

"그렇다면 임괴 대협은 모든 대결에서 자신의 목숨을 걸 각오가 되어 있다는 말입니까?"

내 질문에 흑영창 임괴는 망설임 없이 고개를 끄덕였다.

"광동임가의 무인으로 태어났을 때부터 각오를 다졌네! 당연한 일이 아닌가?"

"좋습니다."

나는 차갑게 가라앉은 눈으로 검을 뽑았다. 철검(鐵劍)의 날에 서늘한 검기가 맺히는 게 느껴졌고, 내가 한 걸음을 내딛자 사방에서 검기가 재차 일어났다. 임괴는 기세에 눌렸는지 한 걸음을 뒤로 했다.

"그 말에 책임지십쇼."

타닷.

나는 한차례 진각을 내딛고는 임괴에게 달려들었다. 내 주변에는 수십 명이 넘는 무림인들이 둘러싸고 있지만 지금만큼은 나를 합공하지 않으려는 듯했다. 임괴만 한 고수가 없을뿐더러, 그들 입장에서도 내가 임괴와 싸운 후에 힘이 빠진 편이 상대하기에 더 좋기 때문이다.

흑영창 임괴는 한평생 창술을 닦아 온 게 맞는 듯, 망설임 없이 내 돌격에 화경(化經)을 기울여서 맞섰다. 그의 창날이 비스듬히 기울어지며 내 강격(强擊)을 유연하게 받아 냈고, 이윽고 임가창법 십구식을 운영해서 변화무쌍하게 반격하기 시작했다.

채채채챙!

나와 임괴의 무기가 허공에서 짧은 순간에 스물두 번이나 부딪혔다. 검기와 창술이 어우러지면서 주변에 진공파가 튕겨 나갔고, 휘몰아치는 기세의 폭풍 때문에 쉴 새 없이 투기(鬪氣)가 부딪혔다. 관전하던 자들이 놀라면서 물러나기 시작했다.

나는 임괴와 소영검법으로 겨루면서 깨달았다.

'난 정말 우물 안의 개구리였구나! 나는 이전에 임괴의 실력을 잘못 판단하고 있었다.'

천산까지 쫓기던 시절, 나는 그래도 흑영창 임괴와 동귀어진을 할 수 있을 줄 알았다. 하지만 막상 붙어 보니 경지가 오르고 오른 상태에서도 그럭저럭 싸울 만한 수준에 불과했다. 흑영창 임괴가 광동 일대에서 제일가는 창법의 고수라고 하는 말은 헛말이 아닌 것이다.

문제는 임괴가 끝이 아니라는 데 있었다. 지룡전 상위 서열이 이 정도면, 대체 천룡전에서 활약하는 고수들은 얼마나 강하다는 말인가. 검성지륜을 통해서 깨달음을 얻지 못했다면 바로 이 자리가 내 무덤이 되었을 것이다.

우우우.

검명(劍鳴)이 내 칼날에서 춤추기 시작했다. 새파란 달 빛을 받으면서 내 몸이 군무(群舞)를 그리기 시작했다.

달 아래에서 대하(大河)보다 장중하게 뻗어 나온 수십 개의 기운이 검극에서 맺히더니 이윽고 미세한 빛을 내뿜 는다[月落劍戟天微明].

공허 속에서 맴돌던 빛은 이윽고 하나의 형태가 되더 니, 흑영창 임괴가 뻗어 내던 창법의 한가운데로 쇄도했 다. 그 변화는 너무나 빠르고 급작스러워서 임괴는 미처 반응하지 못하고 명치를 정통으로 얻어맞고 말았다.

퍼억!

짧은 파괴음이 울렸다. 그리고 허공에서 맞붙어 초수를 겨루던 나와 임괴는 동시에 지붕 위로 내려앉았다. 임괴 는 한참 동안이나 그 자리에 서 있더니, 고개를 돌리지 않 은 채 내게 물어 왔다.

"소광검마."

그가 태오가 아닌 별호로 나를 부른 건 이번이 처음이 다.

"말씀하시죠."

"마지막 초식의 이름이 무엇이지?"

"딱히 정하지 않았습니다. 붙여 주시겠습니까?"

내 제안에 그는 희미하게 웃는 듯했다.

"월영명조(月影鳴照)가 좋겠군……."

풀썩.

그 말을 끝으로 흑영창 임괴는 앞으로 고꾸라졌다. 마지막 기력을 다해서 버티고 있었지만, 그는 내 절초에 격중당한 순간 이미 숨이 끊어진 것과 마찬가지였던 것이다. 흑영창 임괴가 쓰러지자 사방을 포위하던 무림인들이 경동했다.

"저, 저럴 수가!"

"임괴 대협을 쓰러뜨리다니?! 저놈은 괴물인가!"

흑영창 임괴를 뛰어넘는 고수는 이 중에 존재하지 않았다. 나는 차분한 눈으로 검을 고쳐 잡으며 상단세를 잡았다. 그리고 사자후를 실어서 외쳤다.

"나는 지금부터 나를 겁박한 태천맹(太天盟)을 치러 가겠다! 목숨이 아깝지 않은 놈은 나를 막아 봐라!"

"뭐라고!"

"저 건방진 놈이!"

"말도 안 돼……."

사람들의 반응은 여러 가지로 나뉘었다. 경악하는 사람, 분노하는 사람, 아연해하는 사람들이었다. 낙양 한가운데에 갇혀서 수백 수천 명의 무림인을 상대해야 하는 이 상황에서 본진인 태천맹에 쳐들어가겠다는 말이 제정신으로 느껴지지는 않을 것이다.

하지만 나는 그들에게 내 말이 허세가 아니라는 사실을 인식시켜 줄 필요가 있었다. 나는 거침없이 아라한신권(阿羅漢神拳)의 절초, 멸광수라(滅光修羅)를 펼쳐 냈다.

꽈과과광!!

내공이 구의 형태로 집중되더니, 허공에서 터져 나갔다. 허공에서 기파가 터지자 반경 십육 장에 이르는 거리가 온통 아수라장이 되며 부서졌다. 내공이 약한 사람들은 후폭풍에 말려서 여기저기로 날아갔고, 버틸 만한 자들은 내게로 달려들며 공격해 왔다.

나는 쉴 새 없이 검을 휘두르며 계속해서 앞으로 나아갔다. 이 자리에서 목숨이 끊어지는 한이 있어도 멈춰서는 안 된다. 조금이라도 더 이목을 집중시켜야 남룡제가 움직이기가 쉬워진다.

"모두 덤벼라!!"

광포한 외침을 내질렀다.

후일 나는 이 일이 어떤 반향을 일으킬지도 모른 채 그저 성난 범처럼 날뛰기만 한 것이다.

*   *   *

"대단하군. 저게 정말로 십오 세 아이의 무공이란 말인 가?"

한편, 멀리에서 팔짱을 낀 채로 태오의 활약을 보고 있는 괴인(怪人)이 있었다. 그는 백색 여우 가면을 쓰고 있었는데, 옷 또한 눈으로 짠 듯 새하얀 빛이라서 사람의 눈이 아프게 느껴질 정도였다. 그렇게 눈에 띄는 색상인 데도 불구하고 그의 기척은 매우 가라앉아 있어서 은신술의 달인이라는 사실을 알 수 있었다.

백색 여우가면의 뒤편에 시립해 있던 흑의인이 부복하며 말했다.

"어르신, 태오를 막지 않으시겠습니까?"

"흠, 네가 나서 보는 건 어떠냐?"

백색 여우가면이 은근히 권유했다.

"너도 지옥수련 팔진(八陳)을 통과한 금의위 천급(天級) 요원이니 임괴에 못지않다는 자부심이 있을 터인데."

"저를 놀리지 마십시오, 어르신."

그는 더욱 깊게 고개를 조아렸다.

"방금 본 바로는 소광검마 태오의 무공은 저로서 감당이 안 되는 수준입니다. 적어도 육 할의 여력을 남기고 임괴를 쓰러뜨렸으니, 그는 현재 강호 최정상급의 초절정고수 반열이라고 생각합니다."

"흐흐. 뭐, 그렇겠지."

백색 여우가면이 쓴웃음을 지었다.

금의위에 열 명밖에 없는 최고의 요원, 천급 요원조차
도 이렇게 자신감 없어 할 정도라니! 천급 요원 둘이 모이
면 중소 문파를 하루 만에 괴멸시킬 수 있다는 걸 생각하
면 놀라운 일이었다. 백색 여우가면은 오십 장 밖에서 날
뛰는 태오를 주의 깊게 살피며 생각했다.

'놀랍군. 저 나이에 초절정 무공을 보유한 자가 역사에
드물진대, 놈이 유극문(有極門) 출신이니 천무검왕(天武
劍王)의 진전을 이은 것인가?'

하지만 그는 곧 고개를 저었다. 그는 천무검왕과 직접
손을 겨루어 본 적이 있고, 당시 동수(同手)를 이루었다.
그때 느꼈던 천무검왕의 무공인 십절(十絶)은 태오처럼
난잡하고 다채로운 무공이 아니었다.

아니, 정확하게 말하자면 태오의 무공 연원을 알 수가
없었다. 언뜻언뜻 알 것 같으면서도 이윽고 혼돈이 되어
버렸다. 무형식 중의 형식이니 파악이 불가능했다. 백색
여우가면은 침음성을 흘렸다.

"놈을 내버려 두면 십 년 이내에 천하제일인(天下第一
人)이 될 것이다."

"속하의 생각도 같습니다."

"흠, 하지만 일단은 내버려 둬."

"네?"

천급 요원은 의아한 기색이었다. 백색 여우가면의 정체는 백황령(白皇靈). 황궁 삼대수호령 중의 한 사람이었다. 백황령은 스산한 표정을 지으며 말했다.

"지금 놈은 기호지세(騎虎之勢)다. 죽음에 대한 두려움도 없고 기세를 타서 무한한 투지를 발휘하는 상태지. 지금은 내가 태오보다 강하지만 놈의 상승세에 맞춰 줄 필요가 없다."

"그러시다면……."

"태천맹을 휘젓게 놔둬. 일석이조(一石二鳥) 아니냐?"

"……."

천급 요원은 침묵했다. 사실 처음에 태오의 사자후를 들을 때는 그저 어린놈이 객기를 부린다고만 생각했다. 그러나 단숨에 임괴를 쓰러뜨리고 수백 명을 혼자 쓰러뜨리는 신위(神威)를 보자 생각이 달라졌다.

'소광검마 태오라면 정말로 태천맹에게 큰 피해를 줄수도 있다!'

암묵적으로 금의위와 경쟁하는 태천맹의 세력이 약해지면 당연히 좋은 일이다. 천급 요원이 침묵으로 동의하자 백황령은 킬킬거리며 웃었다.

"흐흐, 놈을 잡으면 바로 신룡전의 총관에게 넘기도록 하지. 저놈이 초인(超人)이 되어서 나온다면 황제의 계획은 이십 년은 앞당겨질 것이다."

"네? 생포하시겠단 말씀입니까?"

콰콰쾅!

그때, 태오가 검에서 떨쳐 낸 강기가 십여 명을 날려버리고 폭음을 냈다. 저건 도저히 십대 중반 아해의 무공이 아니다. 천급 요원은 황당함을 느꼈지만 백황령은 단호하게 말했다.

"물론! 제 놈이 날고 기더라도 한 번 무황령의 손에 걸려서 금제가 걸리면 도리가 없다. 제국을 위한 최강의 무기를 손에 넣을 기회를 놓칠 수야 없지."

"힘들 겁니다."

"크흐흐, 폐하의 호위를 잠시 그만두면서까지 나왔다. 그만한 이득은 얻어야 하겠지."

"……."

천급 요원은 불길한 예감이 들었지만, 우선은 상관의 명령에 따라 움직이기로 마음먹었다. 흑황령, 백황령, 무황령, 세 사람은 선대 황제 때부터 황궁의 무력 조직을 책임지는 최강의 무인들이다. 그들의 말을 믿을 수 없다면 아무것도 할 수 없는 것이다.

바로 그때였다.

쩌억.

종횡무진 날뛰던 태오의 검이 크게 대각선을 갈랐다. 마치 불나방처럼 몰려들던 무림인들은 그의 검에서 흩뿌려지는 강기가 무려 수십 개나 되는 걸 깨닫고 경악해서 이리저리 피했다. 하지만 대량학살을 하려던 용도가 아니었는지, 태오의 검강은 허공에서 다시 하나의 형상으로 수발하더니 한 일 자(字)를 그렸다.

길게 늘어지던 검강은 이윽고 어마어마한 속도로 튕겨 가더니 이십여 장 밖에 있던 거대한 건물의 현판을 때렸다. 뒤에 구층, 칠층 전각이 늘어져 있는 거대한 건물의 현판은 특유의 내구도로 잠시 버텼지만, 곧 형편없는 소리를 내면서 사방으로 부서져 나갔다.

콰과광!

날아가기 직전, 현판에 쓰여 있던 금박 글자인 태천맹(太天盟)이 잠시 달 아래에서 번득인 듯했다. 태오에게 마구잡이로 달려들던 무림인들은 그 순간만큼은 숨을 멈추고 멍하니 그를 바라보았다.

"아, 아니."

"저 미친놈이!"

―태천맹의 현판이 절반으로 쪼개져 날아갔다!

천하에서 가장 강력한 십삼대 정파와 각종 무림세가의
연합, 태천맹. 현재 무림석권에 가장 가까운 세력이라고
볼 수 있으며, 보유하고 있는 초절정고수와 절정고수의
수만도 기백 명에 가깝다는 곳. 검성에 의해 보장받은 정
통성까지 있으니 말 그대로 무림인들에게 불가침의 성지
(聖地)나 다름없는 장소였다.

지금까지와는 달리 태오 또한 태천맹과 정면으로 맞서
싸우기로 결심했다는 뜻! 다소 수동적인 면이 있었던 태
오가 본격적으로 전투에 나서면 사상자는 측정 불가능할
것이다.

"어……."

"자, 잠시만."

술렁.

장내의 분위기가 바뀌었다. 그냥 태오 목의 현상금이
니, 무림정의니 하는 알량한 명분으로 달려들던 무림인
들은 점차 엉덩이를 빼고 뒤로 물러서기 시작했다. 그들
도 바보가 아니라서 태오가 본격적으로 죽이려고 달려들
면 목숨이 몇 개라도 모자라다는 사실을 알고 있었기 때

문이다.

물러나지 않는 자들은 태천맹의 지령을 받고 정식으로
파견된 구파일방 소속의 고수들과 금의위 요원들이었다.
이 정도면 아직까지 태오와 싸워서 승산이 충분한 전력이
었지만, 갑자기 금의위 요원들도 슬며시 몸을 빼기 시작
했다. 지붕 위에 서서 태오를 노려보던 지룡부 서열 팔위,
폭렬권(爆裂拳) 이진표는 황당한 듯 금의위 요원을 붙잡
았다.

"당신들의 소임은 수도의 치안을 지키는 게 아니오? 어
찌 저 악적 소광검마를 눈앞에 두고 도망칠 수 있단 말이
오?"

"답할 이유는 없소."

"아니, 대답해 주셔야겠소. 차후 그대들이 강호에서 놀
림 받고 싶지 않다면!!"

강경한 태도로 나서는 폭렬권의 행동에 금의위 요원은
곤란함을 느꼈는지 인상을 찡그렸다. 그를 구해 준 것은
태오와 가장 직접적으로 싸우고 있던 동창의 요원이었다.
동창 내에서 첩형위를 맡고 있는 그는 천천히 대답했다.

"태오 놈은 태천맹을 치러 가겠다고 공언했소. 아직까
지 명백히 황실에 반의(反意)를 비치지 않은 이상, 이 일
은 민간 치안 단체인 태천맹의 일. 그대들이 해결하지 못

할 것 같으면 그때 도와주라는 상부의 지시가 있었소."

"뭐, 뭐라고? 저 참상이 안 보인단 말이오? 놈의 무공 때문에 거리가 파괴되고 사람들이 부상당했소."

"어리석군."

"뭐라고?"

동창 첩형은 비웃음을 지었다.

"애초에 선대 황제 폐하께서 태천맹이라는 거대한 무력 단체를 용인하신 이유는 두 가지요. 첫 번째는 제국의 환란을 수습한 검성에 대한 경의(敬意)였으며, 두 번째는 무림이라는 거대한 세계를 알아서 유지하는 자경단으로서의 태천맹을 인정하신 것이오."

"……."

"내 말은 끝이오. 그러니 징징대지 말고 이제 그대들의 할 일을 하시오."

지룡부의 고수, 폭렬권은 정신이 아득해지는 걸 느꼈다. 물론 첩형의 말은 명분적으로 틀린 게 없었다. 하지만 이 상황에서 태오를 빨리 막으면 막을수록 수도의 소란이 빠르게 진압되는 건 명백한데, 금의위나 동창이 도리어 발을 빼는 건 이상한 일이었다. 폭렬권은 이를 악물더니 경공으로 신형을 옮겼다.

남겨진 동창 첩형이 옆에 서 있던 금의위 요원을 힐끔

바라보더니 말했다.

"가지. 자네도 알다시피 오늘 여기서 우리가 할 일은 없다."

"흥, 황궁 이대조직이라지만 유명무실하군. 우두머리가 같으니."

금의위 요원이 고소(苦笑)를 머금었다.

"나와 자네가 동기니까 별로 이상한 일도 아니지."

"어르신들이 알아서 하겠지?"

"이를 말인가. 어서 집결지로 가게."

슈웃!

두 사람이 사라지자 그 자리에는 정적이 흘렀다. 그리고 잠시 후, 태오의 신형이 허공으로 치솟아 오르고, 태오를 막기 위해 열 명의 고수가 동시에 등천비상(登天飛翔)의 경공으로 날아오르는 진귀한 광경이 황도의 어둠에 펼쳐졌다.

*　　　*　　　*

"태천맹주는 어딨냐!!"

나는 거세게 사자후를 내질렀다. 내 고함 소리에 근처 삼 장 내에 있던 무인들이 귀를 틀어막다가 그 자리에서 기절했다. 내공이 부족해서 정신력으로 버틸 수가 없던 것이다. 아까부터 지금까지 몇 명이나 쓰러뜨렸는지 감도 잡히지 않는다.

'제길, 무슨 인간이 이렇게 많아?'

속으로 투덜거렸다. 내가 아까부터 싸우면서 맨주먹으로 쓰러뜨린 것만 팔십 명이 넘고, 검기로 날려버린 게 백이십 명쯤 된다. 적어도 이백 명은 넘는데 아직도 앞뒤로 꾸역꾸역 무사들이 몰려들고 있었다.

우르르.

한숨을 쉬는 동안에 또다시 일단의 무리가 내가 있는 곳으로 몰려왔다. 백색 영웅건을 매고 있는, 다소 어린 인상의 청년이 자신의 장검(長劍)을 휘두르며 분노에 찬 고함을 질렀다.

"이놈! 인룡부(人龍府) 백단(白團)의 단장인 혁련호(赫連糊)가 상대해 주마!"

"인룡부?"

휘리릭.

혁련호의 검법은 빠르고 강맹했다. 말 그대로 위압적인 쾌검이 무엇인지 보여 주는 듯한 무공이었다. 하지만 어딘가 미숙한 부분이 있어서 나는 검을 뽑지도 않고 여유롭게 십여 초식을 피해 냈다. 나는 혹시나 하는 생각에 혁련호에게 질문했다.

"이게 혁련가의 창천검법(蒼天劍法)인가?"

어딘지 모르게 알타리가 검을 휘두르는 방식과 닮은 것 같아서 고개가 갸웃거려졌다. 버릇이라고 해야 할까, 미묘하게 초식이 닮은 점이 많았다. 검법은 명백히 다른데도 이상한 일이었다.

"알면 얌전히 죽어라!"

"죽으라고 막 떠드는데 말이지……."

퍼벅!

다음 순간, 나는 소영보로 빠르게 파고들어서 아라한신권의 공령장(空靈掌)을 혁련호의 명치에 꽂았다. 원래 몸이 터져 나갈 위력이지만 마지막에 힘을 빼서 혁련호는 비명을 지르며 사 장 밖으로 휙 날아갔다.

"이쪽은 안 죽이려고 엄청 조심하고 있다고, 멍청아!!"

내공이나 체력이 부족하지는 않다. 아직도 적어도 팔할의 전력을 남겨 두고 있는 상태다. 하지만 마음 내키는 대로 죽이고 다녔다면 거의 체력이 소모되지도 않았을 것이다. 힘 조절을 한다는 것 자체로 힘이 많이 드는 것이다.

'그나저나 인룡부 단장이라……. 안으로 들어갈수록 센 놈이 나오는 거겠군.'

성구몽 장로에게 들은 적이 있었다.

태천맹에는 삼부(三府)라 불리는 무력 단체가 존재하는데, 천룡부(天龍府), 지룡부(地龍府), 인룡부(人龍府)라고 했다. 인룡부는 무림의 후기지수 모임이나 다름없었고, 지룡부는 지룡전에서 입상한 무림의 실력자들이 모여 있다. 마지막으로 천룡부라 불리는 곳은 천룡전에 참가했거나 무림의 원로 고수들이 속해 있다고 했다.

나는 이대로 안으로 들어가면 반드시 천룡부의 고수를 만난다는 사실을 직감했다. 그러자 속으로 절로 침이 삼켜졌다.

긴장된다. 지금 내 실력은 지룡부의 상급 고수 서너 명과 동급으로 싸울 수 있는 수준이다. 하지만 그렇다고 해서 천룡부의 고수를 이긴다는 보장은 없었다. 지룡부가 각지에서 한수 하는 절정고수 모임이라면, 천룡부는 명백히 천하에서 손꼽히는 불가일세(不可一世)의 초절정고수들이다. 어쩌면 일대일로 나를 제압할 만한 적이 나올지도 몰랐다.

쿠웅!

두 번째 현관문을 발차기로 때려 부수며 안으로 난입하자 그곳에는 연꽃향이 풍기는 거대한 외전(外殿)이 있었다. 외전 안에는 매우 많은 무림인들이 도열해 있었는데,

나를 이미 기다리고 있던 듯했다.

외전 한가운데의 의자에 앉은 한 장년인이 가죽옷을 걸친 채 졸린 눈으로 나를 바라보고 있었다. 그는 나를 힐끗 보더니 말했다.

"세상은 넓군. 설마 또 저런 괴물이 나올 줄이야……."

나는 괴이한 기분이 들어서 반문했다.

"또라니? 나 같은 인간을 본 적이 있단 말이오?"

"……."

장년인은 내 말을 흘리려는 듯, 양손에 마치 갈고리 같은 무기를 들고 일어섰다. 그의 특기는 양쇄겸(兩鎖鎌)으로 보였다. 쇄겸은 기병(奇兵)으로 분류되는 무기라서 나는 약간 흥미가 생겼다.

"나는 지룡부(地龍府) 서열 이위(二位), 상군(傷君)이다. 네가 아까 쓰러뜨린 임괴와는 친구 사이지."

"사이좋게 쓰러뜨려 주겠소."

"할 수 있다면!"

휘리릭.

상군의 쇄겸이 마치 허공에 줄이라도 있는 것처럼 제멋대로 춤췄다. 그의 기사(氣絲)가 의지에 따라서 자유자재로 움직이는 경지에 이르렀다는 뜻이었다. 그의 쇄겸은 일반인이 상상할 수 없는 속도와 궤도로 날아들 게 분명했다. 지룡부가 철저하게 실력 위주로 평가되는 곳이라고 한다면 상군은 임괴보다 뛰어난 고수일 것이다.

"상 대협을 도와라!"

그때, 상군을 도와주겠다는 듯, 좌우에 늘어서 있던 고수들이 일제히 진(陣)을 그리며 나를 포위했다. 열다섯 명이나 되는 일류 고수들이 호흡을 맞추자 나는 쉽게 약점을 발견하지 못하고 수비 자세를 취해야 했다.

파캉!

내가 빙빙 돌고 있는 진법에 신경 쓸 때 상군의 암수 (暗手)가 날아들었다. 나는 재빨리 광혈인을 운용해서 어깨를 베려던 쇄겸을 튕겨 냈지만, 살짝 베이는 것만은 피할 수가 없었다. 상군은 공격 직후에 다시 진법의 흐름에 섞여 버려서 그에게 계속 신경을 쓸 수 없었다.

'진법으로 나를 가두고, 뛰어난 절정고수가 내 빈틈을 노린다는 건가!'

이런 싸움은 해 본 적이 없었다. 차라리 보통 차륜진이라면 상관없지만, 나와 대등하거나 그 이상일지도 모르는 실력자가 정면 대결을 피하고 암기를 날리다니! 실력 차에 상관없이 나에게 중상을 입힐 수 있는 전략이었다.

내가 뚫어져라 진법을 노려보자 상군이 전음을 보내 왔다.

[나와 인룡부 청단(靑團)이 힘을 모아서 이 년 동안 연마한 합격술이다. 천룡부의 고수라도 쓰러뜨릴 수 있다고 자신한다. 그러니 곱게 죽거라, 소광검마 태오!]

퍼펑!

내가 전음을 보낸 쪽으로 달려들려고 하자 재빨리 인룡부 청단의 고수들이 몰려들어서 내게 연속 공격을 가해 왔다. 물론 공력이나 기술의 측면에서 내 상대가 되지 않았지만, 나는 상군을 계속 쫓을 수가 없었다.

박려칠류(搏慮七流).

한순간, 반격을 할 때 떼거리로 몰려드는 자들의 공력이 증폭했다. 일곱 갈래로 파생되는 연속 공격은 나로서도 쉽게 막거나 피해 낼 수 없는 수준이었다. 내가 주춤거리면서 간신히 물러나자 상군이 재차 공격해 왔다.

"큭, 태천맹에선 별의별 짓을 다 하는군."

내가 핀잔을 주자 인룡부 청단의 청년 고수 한 명이 화났는지 버럭 외쳤다.

"반항해 봤자 끝이다! 태천맹주께서도 인정한 진법을 너 따위가 빠져나갈 수 있을 것 같은가!"

후우우우.

진법의 와류가 더욱 거세게 일어났다. 파도끼리 부딪혀서 흰 거품을 내는 것처럼, 거칠어진 진법의 흐름 사이로 더욱 많은 변화가 파생되었다. 이제 저들은 개개인의 무력이 아니라 온전히 한 덩어리가 되어서 움직이고 있었다. 저렇게 되면 개인의 전력보다 수십 배 이상을 발휘할 수 있다는 걸 깨닫고 속으로 깜짝 놀랐다.

'저게 단체의 힘인가? 대단하구나!'

한 명, 한 명은 내 상대가 아니다. 하지만 이대로 싸우면 내게는 승산이 없었다. 딱히 타개책이 보이지 않는 상황이라서 나는 전전긍긍하며 수비에 몰두했다. 나는 차가운 눈으로 진법을 지켜보며 생각했다.

진법은 상군을 쫓거나 힘으로 무너뜨리려고 할 때 몇 배나 강력한 역공(逆攻)을 가할 수 있는 구조로 되어 있다. 가장 근본적인 해결책은 진법을 이루는 축을 하나씩 붕괴시키는 거지만, 저들의 움직임은 굉장히 유기적으로 연결되어 있어서 손쉽게 할 수 있는 일이 아니다.

'그럼 이렇게 해 볼까?'

나는 당연히 그래야 하는 것처럼 갑자기 소영검법의 초식을 역(逆)으로 취해 나갔다. 말식에서 초식까지의 검술 초식이 거꾸로 흐르면서 제멋대로 진법에 부딪혀 갔다. 인룡부 고수들은 내 공격을 가볍게 쳐 냈다.

따당!

역이면 다시 역으로.
정이면 변으로, 혹은 역으로.

하지만 내가 온갖 검법과 수법을 섞어서 오십여 초 정
도를 버티면서 가하자 그들은 점차 혼란스러워하는 기색
이었다. 그것도 그럴 것이, 내가 익힌 무공들을 일관성 없
이 나열하면서 무법칙(無法則) 속에서 움직였기 때문이
다.

숨어서 암격을 가하던 상군은 진법의 혼란을 느꼈는지
급히 외쳤다.

"당황할 거 없다! 자기 축을 지켜!"

"뜻대로 될까?"

나는 훗, 코웃음 치고 중얼거리면서 정면으로 검을 쥐
고 뛰어들었다. 내 전방에 서 있던 여자 검객은 당황해하
는 기색이었다. 지금까지 아무런 일관성 없이 초식을 내
뿜어서 내가 어떤 경로로 검로(劍路)를 발출할지 예상하
지 못하는 것이다.

푸슉.

여자 검객의 혈도가 몇 번 그어지자 그녀는 그 자리에

서 혼절하며 쓰러지고 말았다. 나머지 인룡부 고수들은 당황하며 진법을 재편성하려 했지만, 내 신법이 훨씬 빠른 바람에 점차 한 명씩 쓰러져 갔다.

삽시간에 세 명만 남게 되자 상군은 안 되겠다고 생각했는지 손짓을 해서 남은 자들을 뒤로 물렸다. 그들이 눈치를 보며 부상자들을 추스르자 상군은 나를 사납게 노려보았다.

"어처구니없는 놈이군. 무초(無招)로 연계를 깨다니."

"다들 할 수 있는 일이오."

"아니, 절대 아니다."

상군은 허무한 듯 중얼거렸다. 그는 손을 늘어뜨리고 있어서 전의가 한풀 꺾였음을 알 수 있었다.

"난 알고 있다. 너는 방금 삼 종(三種)의 검법과 사 종(四種)의 권법, 기타 두세 개의 무공 수법을 무작위로 녹여서 펼쳐 냈다. 하나의 무공이라고 해도 초식을 녹여서 자유자재로 쓰기 위해서는 적어도 십여 년의 세월이 필요하거늘……."

"……."

"도대체 그 나이에 어떻게 그렇게 많은 무공에 달통할 수 있단 말이냐?!"

나는 경악한 상군의 말에 대답할 말을 찾지 못했다. 말해도 거짓이라고 할 게 뻔했다. 하지만 속이는 것도 예의가 아니라는 생각이 들어서 사실대로 대답해 주었다.

"그냥 본 대로 했을 뿐인데."

"뭐, 뭐라고?"

"됐고, 이제 승부를 가립시다."

나는 대답을 회피하려 했다. 사실 나는 방금 전에 각성하고 나서 물경 이백여 명에 이르는 인간을 쓰러뜨리면서 순간적으로 새로운 영감(靈感)이 떠오르는 걸 느꼈다. 마치 상대방이 쓰는 무공을 내가 예전에 수련한 적이 있는 것 같았다. 그래서 그때 느꼈던 온갖 무공의 흐름들을 다시 내 안에서 녹여냈을 뿐이다.

상군은 입을 떡하니 벌리고 있다가 곧 자조적으로 웃었다.

"후후, 충고 하나 해 주지."

"하시오."

"천룡부 고수들 중에서 천룡대공(天龍大公)과 만나면 무릎 꿇고 비는 게 좋을 거다. 죽는 것만 못한 꼴이 될 테니! 네가 보여 준 무공에 경의를 표해서 알려 준다."

"……?"

나는 어리둥절해했지만, 상군이 더 이상의 대화는 필요 없다는 듯 크게 양쇄겸을 치켜들었다. 마치 천지를 상하

로 절단하는 듯한 자세라서 그가 단숨에 승부를 낼 작정
이라는 사실을 알 수 있었다.

"받아라! 공군보심(空軍報尋)!"

순간, 쇄겸이 수십 개로 분열되는 듯했다. 기로 만들어
진 환상과 실체가 구분되지 않는데다, 상군의 본체도 기
경스러운 속도로 쇄도해 왔다. 천산에서 쫓길 무렵의 나
였다면 당황하다가 베여 죽었겠지만, 지금 내 무공은 그
때와는 비교가 되지 않았다.

광혈인(光血印).
칠성 공력(七成功力).

"크악!"

폭음이 한차례 울리더니, 상군의 몸이 저만치로 튕겨
나갔다. 나는 손바닥이 얼얼했지만 내공이 꽤 소모되었을
뿐, 내상이 없다는 사실을 확인했다. 그리고 새삼 지금 나
의 힘을 느끼고 전율을 느꼈다.

'지룡부 서열 이위를 쓰러뜨렸다……. 천하에 나를 상
대할 사람은 백 명도 안 돼!'

나는 앞으로 얼마나 더 강해질까?

어떻게 강해질까?

……그리고 난 왜 강해지는 걸까?

속으로 격심한 혼란이 찾아오면서 잠시 동안 돈오(頓悟)의 상태에 빠졌다. 예전부터 느꼈던 반야(般若)의 상태를 의식적으로 점차 통제하게 되면서 찾아오는 상황이었다. 나는 곰곰이 생각하다가 다시금 중얼거렸다.

불생불멸(不生不滅).
불구부정(不垢不淨).

그래.

이 세상이 어떤 구조로 되어 있든 나는 지금 내가 해야 할 일을 할 뿐이다. 쓸데없는 생각은 나중에 해도 된다. 지금은 앞으로 걸어 나가는 것만 생각하자.

쉬쉭.

내가 전각을 관통해서 두 번째 누각으로 들어갔을 때였다. 삼층쯤 되는 곳에서 갑자기 내게로 육합전성이 날아오는 걸 느꼈다.

[소협, 우연히 나와 행방이 같군. 한바탕 날뛰는 게 신나 보여!]

6.
흉신악살(凶神惡殺)

멈칫.

'누구지?'

세상에서 육합전성을 쓸 만한 인간은 많지 않다. 보통 전음을 쓰는 데도 적어도 일류 급 고수 이상의 내공이 필요하며, 하물며 육합전성을 쓸 정도면 그 내공이 적어도 삼십 년은 고련(苦練)한 것이라고 볼 수 있다. 다시 말하자면, 내게 말을 걸어온 인간은 적어도 지룡부 고수 급 무위(武威)를 지녔다는 뜻이다.

경계해야 한다.

나는 상대가 육합전성을 쓰기 전에는 존재 자체도 알아

차리지 못했다. 그 말은 상대방의 은신술이 상상 이상으로 뛰어나다는 뜻이었다. 내가 그 자리에 멈춰 서서 움직이지 않자 상대방이 곤란하다는 듯 재차 육합전성을 보내왔다.

[내가 뜻밖에 부담을 준 모양이군. 그럼 나는 먼저 앞으로 가 보겠네.]

파앗!

그리고 저 높은 대들보 위에서 새하얀 신형이 이동하는 게 보였다. 나는 안력을 집중해서 정체를 파악하려고 했지만, 상대방의 경공이 워낙 빨라서 제대로 알아볼 수가 없었다.

"뭐야?"

나는 의아함을 느끼면서도 일단은 앞으로 가기로 했다. 의문의 백의 괴인은 보라는 듯이 이동하고 있어서 당장은 암습당할 걱정을 하지 않아도 될 것 같았기 때문이다. 괴인은 앞서 가면서도 자유자재로 내게 육합전성을 보냈다.

[소협, 여기는 맹주전으로 향하는 명옥전(冥獄殿)이라고 불리는 곳이네. 이곳의 지하 심처 어딘가에는 천하에서 태천맹이 잡아들인 극악한 마두(魔頭)들이 잡혀 있지.]

"……"

나는 괴인의 뒤를 따라서 뛰면서 아무런 대답도 하지 않았다. 육합전성을 재차 받는 동안에 상대방의 위치는 대충 짐작이 갔지만, 그와 대화를 할 이유가 느껴지지 않았다. 괴인은 내가 대답하거나 말거나 계속 말했다.

[소협이 이런 짓을 저질렀으니 어차피 곱게 끝나지는 못할 게야. 사지 중 하나가 잘리고 공력이 폐쇄되어서 명옥전 최하층에서 평생 썩겠지.]

괴인의 신형이 천공 어딘가에서 우뚝 멈췄다.

[차라리 나와 함께 명옥전의 지하 뇌옥을 열어 보는 게 어떤가?]

나는 상대가 대들보 위에 선 게 아니라 허공에 우뚝 섰다는 걸 깨닫고 속으로 경악했다. 세상에 수많은 경공이 있지만, 아무런 매개물도 없이 천공에 체류하는 건 최고 중의 최고급 경공으로 꼽혔다. 이른바 허공답보(虛空踏步)라 불리는 절대적인 경지인 것이다.

'무시무시한 고수!! 승산을 점칠 수 없다.'

나는 괴인이 멈춘 이유를 깨닫고 침을 꿀꺽 삼켰다. 자기 질문에 대한 답을 하지 않는다면, 이 자리에서 나와 싸워서 사생결단을 내겠다는 뜻인 것이다. 괴인 또한 태천맹을 뒤집을 목적으로 잠입한 듯하니, 자기 뜻에 따르지 않는 나를 가만 놔둘 이유가 없었다.

나는 허공의 괴인을 올려다보며 공력을 담아 외쳤다.

"미안하지만 나는 초면인 사람의 제안대로 움직일 정도로 여유가 많지 않소! 당신은 당신 할 일을 하시구려!"

"크하하! 젊은이의 패기는 언제 보아도 흐뭇하구만."

괴인은 기분 좋게 웃더니 말했다.

"좋아! 난 내 일을 할 테니 소협은 방해하지 말게. 다음에 내 눈에 띄었을 때는 목숨을 걸도록 하시게."

"잠깐. 당신은 대체 누구요?"

"음, 알고 싶은가?"

백색 여우가면 때문에 보이지는 않았지만, 괴인이 왠지 징그럽게 웃는 것처럼 느껴졌다. 괴인의 손이 흔들리는가 싶더니, 이십여 장 밖에서 빛나는 무언가가 엄청난 속도로 날아오기 시작했다. 어두운 공간이 마치 불꽃으로 꿰뚫린다고 느낄 정도로 빠른 속도라서, 나는 모든 반사신경을 동원해야만 했다.

퍼엉!

광혈인의 공력을 모아서 손을 보호했는데도 백의괴인이 던진 웬 사각 목패를 잡자 화상(火傷)을 입은 듯했다. 말 그대로 철환(鐵環)을 쏘아 올린 이상의 파괴력을 지니고 있어서 결코 쉽게 감당할 게 아니었던 것이다. 나는 한 수로 느껴지는 괴인의 무공 수위 때문에 등에서 식은땀이 흘렀다.

'뭐, 이런 고수가…….'

괴인의 신형이 사라지더니 다시 육합전성이 울렸다.

[맹주전 앞에는 천룡전의 고수가 기다리고 있겠지. 그에게 그 명찰을 보여 주고, 명찰의 주인이 태천맹의 뇌옥에 들렀다고 말하게.]

"……."

나는 목패를 꽉 움켜쥐었다. 왠지 괴인을 따라가든 아니든 오늘의 일 자체가 괴인에 의해 주도되는 느낌을 지울 수가 없었다.

하지만 곧 고개를 털며 걸음을 옮겼다. 저런 초고수와 붙지 않는다는 것만 해도 운이 좋은 것이다.

이윽고 삼 장 크기의 철문이 눈앞에 모습을 드러냈다. 내가 물끄러미 문을 올려다보자 안에서 사람들의 기척이 쏟아져 나오려는 게 느껴졌다. 나는 기선을 제압할 생각으로 재빨리 문에 접근해서 한쪽 팔로 철문을 주욱 밀었다.

쿠쿠쿠!

"헉!"

"달라붙어! 못 들어오게 해!"

습격을 하려던 자들은 도리어 밀어 올 줄 몰랐는지 병장기를 집어넣고 철문에 달라붙었다. 나는 눈을 감고 기감(氣感)을 이용해서 적의 숫자를 파악했는데, 약 마흔 명 정도로 보였다. 그들이 다 같이 달라붙어 팔과 등으로 문을 밀고 있으니 오른팔이 아파 왔다.

"얼씨구?"

힘겨루기를 해 보자, 이 말인가.

'어쩔 수 없군.'

나는 아예 왼팔까지 모아서 철문에 붙였다. 그러고는 새파란 힘줄이 돋아날 정도까지 집중한 후, 단번에 아라한신권과 광혈인의 공력을 모아서 전방으로 내뿜었다.

쾅과광!

위력은 굉장했다. 간단한 수법인 탄(彈)의 비결을 운용한 것뿐인데, 마흔 명의 장정은 마치 홍수라도 맞은 것처럼 뒤로 쓸려 나갔다. 내가 문 안에 발을 들이자 그들은 겁을 먹고 주춤거리거나 엉덩이를 뒤로 뺐다.

"헉!"

"괴, 괴물인가."

나는 잡졸들을 쳐다보지 않았다. 하수들이 아무리 몰려 있어도 위협 거리는 아니다. 내 눈은 철문 안에 들어서자마자 전방에서 팔짱을 끼고 있는 현의(玄衣)의 노인에게로 향했다. 수염은 그리 길지 않았지만 현의노인에게서 풍겨오는 한기(寒氣)는 실로 매서웠다.

'고수!'

그의 발밑은 새하얗게 서리가 낀 채 얼어붙어 있었다. 현의노인은 나를 뚫어져라 바라보더니 서서히 입을 열었다.

"네가 소광검마 태오냐?"

"그렇소. 당신은?"

"천룡부(天龍府)에서 일하는 현빙신군(玄氷神君)이다."

잘 모르는 명호다. 하지만 나는 티를 내지 않고 그를 노려보았다. 고수끼리의 싸움에서는 한순간의 빈틈이 모든 걸 좌우하기 때문에 잠시라도 눈을 돌렸다가는 그가 언제 습격해 올지 감이 잡히지 않는 것이다.

스윽.

현빙신군은 자신의 허리춤에서 웬 검은 채찍을 꺼냈다. 채찍은 마치 살아 있는 것처럼 꿈틀거리더니, 이내 허공을 유영했다. 그의 무기술이 달인(達人)의 경지에 이른 것도 모자라서, 내공 또한 당세에 보기 드문 수준이라는 걸 의미했다.

"이건 내가 평생의 친구로 사귀고 있는 암휘편(暗徽鞭)

이라고 하지. 암휘편은 사람을 갈기갈기 찢어도 피와 살점이 묻지 않아 사랑스럽다네."

"……."

"왜 그러나? 나를 뚫어야 맹주를 만날 수 있을 텐데."

나는 침을 꿀꺽 삼켰다. 그리고 슬며시 주변을 둘러보며 말했다.

"당신뿐만이 아니잖소. 숨어 있는 자들, 모두 나오시오!"

쉬쉬쉬쉭.

내 말이 끝나자 반경 이십여 장의 공터에 사람의 신형이 나타났다. 정확히는 초고속 경공술의 일종인 잔영술(殘影術)로 이동했기에 눈의 착각을 일으켰다는 말이 옳으리라. 그리고 이 자리에 나타난 자들의 면면이 강호에서 절정고수라 불리는 자들이라는 사실을 의미했다.

나타난 사람들은 총 다섯 명이었다. 현빙신군까지 포함하면 여섯 명이니, 내 주변에는 최소한 상군보다 몇 배나 강한 초절정고수가 여섯 명이나 진을 치고 있다는 뜻이었다.

'제길, 말도 안 돼…….'

세상에 이렇게 고수가 많을 수 있단 말인가! 초절정고수란 건 말 그대로 희소하기 그지없다는 뜻인데! 기가 막혀서 내가 말을 하지 못하자 현빙신군이 픽, 웃었다.

"허허, 걱정하지 마라. 천룡육신군(天龍六神君)이 너에게 합공을 하지는 않을 것이다. 네가 나를 이긴다면 이야기는 달라질지도 모르지만……."

"천룡육신군?"

"흠. 아해야, 우리를 모르느냐?"

나는 고개를 끄덕였다. 대신에 내 추측을 말했다.

"지룡부는 지룡전에서 우수한 성적을 거둔 자들을 태천맹이 영입한 것. 그렇다면 당신들은 모두 천룡전의 출전자들입니까?"

"그렇다. 태천맹이 마음에 들어서 남았지."

"크, 지방에서는 패주(覇主) 노릇을 할 자들이 무슨 짓인지 모르겠군요. 용의 꼬리가 좋다는 겁니까?"

허점을 만들어야 했다. 나는 비아냥거려서 현빙신군의 감정을 헝클어뜨리려 했지만, 현빙신군은 가소롭다는 듯 입가에 엷은 미소를 띨 뿐이었다.

"마음대로 말하거라. 어차피 승자가 진실을 결정할 수 있으니."

"내가 이길 거요."

"그럼 어디 한 수 부탁할까."

고오오오.

나와 현빙신군이 삼 장의 거리를 두고 마주 섰다. 나는 주변을 둘러싼 천룡육신군을 힐끔 훑어보았다. 그들은 저마다 나이와 무기, 복색이 제각각이었는데, 단 하나 공통점이 있었다. 내 십성 공력(十成功力)을 쬐고도 전혀 위축되지 않는다는 것이다.

어쩔 수 없군. 괴인 뜻대로 따라가는 게 마음에 안 들지만, 지금은 조금이라도 승산을 높여야 했다.

"잠깐만."

나는 주먹을 말아 쥐고 있다가 품에 들어 있던 목패를 꺼냈다. 현빙신군이 이채 섞인 눈으로 목패를 주목하자, 나는 그에게 목패를 던져 주었다.

"이건?"

"명옥전의 마두를 해방시키려고 어떤 백색 여우 가면이 침입했소. 그 괴인이 당신들에게 보여 주라고 한 목패요."

"……."

뚫어져라 목패를 살펴보던 현빙신군의 얼굴이 삽시간에 굳었다. 지금까지는 고수 특유의 여유로움이 감돌고 있었지만, 지금은 마치 뒤통수를 맞은 듯한 표정이었다. 현빙신군은 재빨리 목패를 옆에 있던 백의인에게 던지더니 외쳤다.

"전부 당장 명옥전으로 가 주시오! 흉신(凶神)이 침입했소!"

"뭐, 뭐라고!"

"이런 제기랄, 서둘러!"

휘이익.

천룡육신군 중에서 다섯 명이 급작스럽게 자리를 떠났다. 너무나 상황이 좋게 풀려 가자 나는 의아한 표정을 지었지만, 이윽고 현빙신군이 무시무시한 살기를 내게 내뿜었다. 그의 일그러진 얼굴에는 명백한 분노가 서려 있었다.

"이놈, 설마 흉신과 손을 잡은 거냐? 사도쌍마(邪道雙魔)를 태천맹에 침입시키려 하다니, 배짱도 좋구나!"

"사도쌍마?"

퍼억!

현빙신군이 내던진 목패가 땅 깊숙이 박혔다. 목패 가운데 새겨져 있던 흉(凶)이라는 글자가 안 보일 정도였으니 강한 공력을 실은 듯했다.

"흉신 이고훈(李孤熏)!! 사파제일마(邪派第一魔)를 등에 업었으니 그토록 당당할 수 있었군! 천하의 망종이란 바로 태오, 네놈을 두고 하는 말이구나!"

"무슨 말이오?"

나는 황당해서 반문했다.

"나는 내 의지로 태천맹에 온 것이오. 그자는 바로 오십여 장 앞에서 도착해 있다가 내게 목패를 건네주더군. 나는 그자와 다투기 싫어서 일단 목패를 받아 둔 것뿐이오."

"네가 무슨 말을 하든 그게 흉신의 신표이며 흉신이 마두를 해방시키려 한다는 사실은 변함없다."

휘리리릭.

현빙신군이 단호하게 말하며 허리춤에 차고 있던 암휘편을 풀어서 허공에 흩려냈다. 놀랍게도 암휘편은 허공을 거슬러서 춤추며 마치 실처럼 유영했다. 현빙신군의 실력이 달인을 넘어서서 명인(名人)에 근접해 있다는 증거였다.

현빙신군의 눈이 불꽃을 내뿜었다.

"네놈을 빨리 해치우고 흉신을 오늘 처치하겠다!"

파앙!

암휘편이 여덟 줄기로 나뉘더니 허공의 벽을 찢으며 내게로 튕겨 왔다. 겨우 손가락 마디만 한 굵기의 채찍인데, 소리를 찢을 정도로 빨라지자 마치 거대한 흑검처럼 변해 있었다. 내 안력으로는 도저히 쫓을 수도 없을 정도로 백화현란(白樺懸欄), 그 자체가 되었다.

찌직.

"크윽!"

나는 재빨리 수선사계를 운용하며 광혈인의 힘으로 반격하려 했지만, 채찍의 궤도에 손을 갖다 대는 순간 열상(熱傷)이 손바닥에 남았다. 많은 고수들을 상대로도 별상처 없던 손바닥의 광혈인이 찢겨진 것이다.

'광혈인의 폭발력이 암휘편의 파괴력을 못 따라간다는 건가? 말도 안 돼!!'

나는 사실 천룡부 고수들을 은근히 경시하고 있었다. 천룡전 십육강에 올랐던 귀검을 나 혼자의 힘으로 꺾었고, 지금은 그때보다 몇 단계는 더 진화했으니 충분히 상대할 수 있을 거라고 생각했다. 하지만 지금 암휘편의 폭풍 속에 갇히자 덜컥 겁부터 났다.

쉬리리릭.

내 주변을 엄청난 속도로 맴돌면서 무수한 변화를 일으키는 암휘편의 궤도는 지금껏 만났던 모든 무공 중에서 가장 다채롭고 무서웠다. 귀검의 검기 정도나 비교할 수 있을까, 그마저도 변(變)이라는 측면에서는 암휘편이 몇 수는 위였다.

파캉!

한순간 수선사계의 움직임 사이로 채찍이 파고들더니,

나는 중요 혈도 두 군데를 얻어맞고 허공을 날았다. 지금
껏 뚫린 적이 거의 없던 무적의 회피술, 수선사계가 파훼
된 것이다. 굴화위지와 싸웠을 적 외엔 없었으므로 나는
울컥하고 터져 나오는 피를 입에 물었다.

내가 급히 땅에 내려앉아서 자세를 다잡자 현빙신군이
조소를 흘렸다.

"아해야, 네가 천휘문의 귀검을 꺾었다면서? 그래서 천
룡부 고수쯤은 그럭저럭 상대할 줄 알았느냐?"

마치 사람 마음을 읽는 듯한 질문이었다.

"……."

나는 대답하지 않고 묵묵히 방어와 회피에 집중했다.
하지만 아무리 수선사계로 피하려고 해 봐도 암휘편의 궤
도는 내 예측과 반응속도를 훨씬 뛰어넘었다. 한 번 휘둘
러질 때마다 와류(渦流)가 일어나고 폭풍 같은 풍탄(風
彈)이 어지러이 휘날리니, 인간의 시력으로는 도저히 간
파가 불가능했다.

내가 백여 초째를 받아 내고 있을 때 현빙신군이 외쳤
다.

"웃기는 소리 하지 마라! 귀검이 뛰어나다고 해 봤자
나이 어린 천인일재에 불과할 뿐! 천룡육신군 중에서 귀
검보다 약한 자는 한 명도 없다는 사실을 알았어야지!"

"다, 당신은……."

내공도 엄청난 수준이었다. 현빙신군의 휘몰아치는 채찍의 강기를 견디는 건 매우 힘들었다. 나는 광혈인으로 간신히 흘려내며 힘겹게 말을 이었다.

"검성전에서 몇 강까지 갔다는 거요?"

"하, 나 말이냐?"

꽈광!

눈앞에 별이 핑핑 맴도는 것 같았다. 완벽하게 피했다고 생각했는데 현빙신군의 채찍이 갑자기 다섯 갈래로 죽 늘어나더니 두부를 정확하게 타격했기 때문이다. 다행히 호신기를 끌어 올려서 즉사는 면했지만, 머리 가죽이 찢어지고 선혈이 흘러나오는 게 느껴졌다.

"사십 년 전, 명왕(冥王)에게 졌지만 나 또한 천룡전 사강(四强)에 올라갔던 몸! 너 따위 애송이와 오래 상대할 생각 없다."

"큭."

피가 많이 흐른다. 비틀거리면서 나는 주먹을 다시 쥐었다. 하지만 눈앞의 현빙신군을 쳐다보자 절망이 느껴졌다.

굴화위지 때와는 달랐다. 눈앞에 있는 건 진짜로 천하를 통틀어서 열 손가락에 들어갈 수준의 초고수다. 스스

로 귀검보다 강하다고 자신할 정도면, 성구몽 장로나 태
월하 장로가 와도 승산을 장담하기 힘들었다.

'그럼 이렇게……'

나는 호살 멸겁윤회를 수선사계와 섞어서 운용해 보았
지만, 회피가 완벽해지는 대신에 체력과 기력 소모가 훨
씬 심해졌다. 그렇다고 평소처럼 현빙신군의 약점을 찌를
수도 없으니, 결국 뒤로 물러날 수밖에 없었다.

현빙신군은 흥미로운 표정을 지었다.

"허허, 구성천의 무공이라? 숨겨 놓은 재주가 많은 아
해구나."

아마도 강호 경험이 많으니 구성천의 전승자와도 겨뤄
봤을 것이다. 무공의 특이함으로 공략할 수도 없는 상대
였다.

"제길, 비겁하군."

"뭐?"

나는 머리에서 흐르는 피를 소매로 닦으며 통명스럽게
말했다.

"태천맹주 초염권성은 이 난리가 나는데도 나와 보지도
않는 거요? 내가 힘이 빠진 틈에 공격할 생각인가."

안 되면 맹주라도 끌어들여야겠다. 내 격장지계에 현빙
신군이 입을 쩍 벌렸다. 그는 너무 황당한지 잠시 말을 잇

지 못하다가 말했다.

"헛소리 말아라."

"오기로라도 얼굴을 봐야겠어!"

파앗!

나는 순간 개구리처럼 잽싸게 측면으로 도약했다. 당연한 듯이 현빙신군의 채찍이 따라와서 살갗을 스쳤지만, 반격하지 않고 피하는 데만 집중하면 현빙신군도 나를 그리 쉽게 잡을 수가 없었다. 내가 십여 초를 피하면서 앞으로 뛰어나가자 그는 미친 듯이 채찍을 휘두르며 경공을 전개했다.

화살보다 빠른 듯했다. 내 발이 누각 앞의 작은 호수를 스치고 지나가는 찰나의 순간에 현빙신군의 발도 수면을 스쳤다. 나는 내공으로 공기를 짓누르며 재차 공중에서 이단 도약을 했지만, 현빙신군의 채찍이 발을 감아서 자르려 했다.

"거기 서라!"

휘익.

수선사계의 움직임 덕분에 위기를 피하고 내 몸이 누각 앞에 도착해 있었다. 현빙신군은 내 뜬금없는 행동에 당황한 듯 오로지 공격일변도로만 변해 있었고, 나는 조금이라도 더 그의 감정을 무너뜨리는 데 집중했다.

'정상적으로 일대일로 붙으면 이길 수 없어! 예전처럼 요행이 발동하면 좋겠지만…… 모험은 하지 말자.'

내 입장에서 맹주 얼굴은 봐도 좋고, 안 봐도 좋았다. 그저 뜬금없는 행동을 해서 상대방의 정신력에 균열을 만드는 게 목적이다. 냉정함이 사라지면 무공은 저절로 빈틈투성이가 된다는 진리가 존재하기 때문이다.

그리고 만일 맹주가 존재한다면, 오늘은 더 이상 무리하지 않고 도망치자. 맹주 얼굴까지 봤으면 충분히 태천맹을 뒤집었다고 할 수 있었다.

"이놈! 거기 서라!"

내가 누각의 이층 전대 안으로 들어가자 다급한 현빙신군의 목소리가 들려왔다. 나는 아랑곳하지 않고 건물 안쪽으로 파고들어 날 듯이 계단을 뛰어올랐다. 몇 번이나 채찍이 날아들어 요혈을 노렸지만, 나는 재빨리 피해 내면서 살아남는 데 성공했다.

이윽고 누각 육층까지 올라오자 뭔가 이상한 기분이 들었다.

'어? 이게 뭐지?'

어딘가 친숙하면서도 위험한 느낌. 그리고 약간 그리운 감정이 느껴졌다.

향기를 맡은 것도 아니고, 주변 풍경이 익숙한 것도 아니었다. 내 마음속을 채우는 뜬금없는 감정 때문에 당황하고 있을 때, 탁 트인 전각의 옥상 누대가 눈에 들어왔다.

누대 정상에는 한 도사(道士)가 정좌한 채 앉아 있었다. 도사는 관을 쓰고 있는데다 체격이 작아서 나이나 성별을 알 수 없었다.

"맹주인가!"

나는 찰나의 순간이지만 상대가 허점투성이라고 생각하고 달려들어서 제압하려고 했다.

그때였다.

"오랜만에 만나는데 성격이 여전히 급하잖아."

기우뚱.

천지(天地)가 반전(反轉)되었다. 나는 말 그대로 영문도 모른 채 전신의 균형이 뒤틀리면서 허공에 내팽개쳐지는 걸 느꼈다. 합기(合氣)의 일종이라는 건 알 수 있었지만, 도대체 언제 어떻게 당했는지도 알 수 없었다.

"친구야, 성질 좀 죽이라구."

"......!!"

도사는 한 손을 뻗은 채 씨익 웃고 있었다. 나이는 나와 비슷해 보이고, 보기 드물 정도로 여자애처럼 염기(艶氣)가 감도는 외모였다.

'꼬마?'

나는 허공에서 회전해서 멈춰 서면서 곤혹스러운 표정을 지었다. 맹주전의 정상에서는 당연히 맹주인 초염권성이 기다리고 있을 거라고 생각했는데, 설마 저 꼬마 도사가 천하에 이름 높은 대권호(大拳豪)인 초염권성이란 말인가?

촤라락.

곧이어 맹주전 정상에 현빙신군이 따라서 올라왔다. 그는 나를 확인하자마자 공격하려 했지만, 동시에 꼬마 도사의 존재를 느끼고 멈춰 섰다. 현빙신군 또한 곤혹스러운 표정을 짓더니 꼬마 도사를 바라보았다.

"······넌 누구냐?"

"뭐? 저놈, 태천맹주 아니었어?"

나는 현빙신군의 말에 나도 모르게 반문했다. 당연히 현빙신군이 태천맹주의 정체를 인증해 줄 거라고 생각했는데, 현빙신군도 생전 처음 보는 인물인 듯했다. 우리 두 사람이 당황해서 꼬마 도사를 노려보자 그는 빙긋이 웃었다.

"난 태천맹주가 아냐. 뭔가 문제라도 있어?"

"그런 걸 말하는 게 아니다. 네놈은 누구냐?"

현빙신군이 앞으로 성큼 한 걸음을 내딛었다. 그는 이

자리에 있는 나와 꼬마 도사, 둘 다 죽일 대상으로 생각하는 듯 살기를 전혀 숨기지 않았다. 현빙신군이 공력을 개방하자 나도 저릿저릿한 압박감 때문에 함부로 움직일 수가 없었다.

짠한 압력이 계속해서 내려쳤다. 공력 때문에 나뭇조각이 허공에 떠다니는 기이한 공간 속에서도 꼬마 도사는 전혀 위축되는 기색이 없었다. 그는 고개를 갸웃거리더니 말했다.

"태천맹주는 처음부터 이 자리에 없더라고. 그 말은 천룡육신군, 너희들 외에는 태천맹주의 자리가 비어 있는 걸 아무도 모른다는 소리겠지."

"누구냐고 물었다."

"아, 내 소개를 안 했네."

귀여운 얼굴의 꼬마 도사는 머리를 긁적거렸다.

"나는 신룡전(神龍戰) 부총관(副摠管)이다. 총관 명령으로 태오를 만나러 왔어."

"……!!"

"부총관?"

현빙신군의 얼굴은 사납게 굳어졌고, 나는 얼마 전에 만났던 신룡전 총관을 떠올렸다. 그는 내게 구성천 서열 삼위의 무공을 전수해 주고는 제멋대로 사라졌다. 그리고 사부들은 총관을 매우 위험한 인물이라고 하면서 나를 떠나보냈다.

사부조차도 절대 관여하지 말라는 검성신룡전의 부총관!

아이 같은 외모의 부총관은 현빙신군을 물끄러미 바라보더니 말했다. 졸린 듯 귀찮은 말투였다. 다른 말로는 안하무인격이었다.

"총관의 말을 태오한테 전해야 하니까 넌 잠시 비켜 줄래?"

"……네놈, 예전에 본 적 있다."

현빙신군은 암휘편을 부총관에게 겨누었다. 그는 상대방이 아이라고 해서 전혀 경시하지 않는 듯했다. 이 자리에 있는 자체로 수상쩍기 그지없기 때문이다.

"이십 년 전이었던가, 그때 내게 신룡전에 들어오라고 했던 놈 아닌가."

"맞아. 기억력 좋군."

"외모가 변한 게 없군. 괴물 같은 놈……."

그 말은 이십 년 동안 저 꼬마 모습이란 말인가?! 현빙신군이 질린 얼굴로 말하자 부총관은 빙긋 웃었다.

"아하하, 당신도 그럭저럭 뛰어난 인재니까 적극적으로 영입하려고 했지. 그런데 벌써 태천맹에 가입을 해 버렸더라구. 나도 그때 일은 아쉽게 생각해."

"수상쩍은 놈, 신룡전이란 게 대체 어딨다는 거냐!"

갑자기 현빙신군이 고함을 버럭 질렀다. 분노와 함께 약간의 공포가 스며들어 있었다.

"인룡전, 지룡전, 천룡전! 황제 폐하의 명령 아래 천지인(天地人) 삼전(三戰)을 태천맹에서 주관한다. 신룡전 같은 건 개최한 적도 없고 존재할 리도 없다! 네놈들은 대체 무슨 헛소리를 지껄이는 거냐!"

"음……?"

부총관이 똘망똘망한 눈으로 현빙신군을 지그시 바라보았다. 그러고는 이내 기분 나쁜 웃음소리를 흘리며 말했다.

"아하핫! 천외천(天外天)도 모르는 속세의 인물 따위, 대화를 받아 줄 이유도 없지만 옛정을 봐서 몇 마디 해 주지."

"해 봐라."

"검성(劍聖)이 천하무림을 경영할 후예로 선택한 건 너희들이 아니다. 너희는 머지않아 그 사실을 알게 될 거야."

퍼벅!

짧은 소리였다.

"헉!"

순간, 나는 내 눈을 믿을 수 없어서 맥이 풀렸다. 현빙
신군이 부총관이 이야기하는 사이를 참지 못하고 암휘편
을 휘둘렀다. 그는 분명히 괴인이 수상쩍은 헛소리를 하
는 상황을 얌전히 참을 만큼 성격이 좋지 않았던 것이리
라. 불의의 기습이라면 틀림없이 해치우거나 중상을 입힐
수 있을 거라는 자신이 있었으리라.

하지만 눈앞에 나타난 참상(慘狀).

"약한 주제에 까불기는."

부총관이 안타까운 듯 중얼거렸다.

마치, 처음부터 없던 것처럼 현빙신군은 머리가 사라져
있었다. 보다 정확히 말하자면, 부총관이 어느새 휘두른
부채에 맞아 나무 기둥에 머리가 꽂혀 있었다. 나나 현빙
신군조차도 어찌 된 일인지 파악할 수가 없었으니 그야말
로 초속(超速), 찰나(刹那)에 벌어진 일이었다.

현빙신군의 즉사!

"……큭!"

전혀 예상치도 못한 일이 벌어지자 이성이 갈피를 잡지
못하고 헤맸다. 하지만 몸은 본능에 따라서 재빨리 부총
관에게서 멀어져서 문짝으로 다가갔다. 정체를 알 수 없
는 거대한 불길함이 전신을 감싸는 것처럼 느껴졌다.

전신이 사시나무처럼 떨렸다. 부총관은 여전히 앉아있는 상태였다. 그는 히죽 웃으며 말했다.

"방해꾼이 사라졌으니 이제 총관의 말을 전해도 되겠지?"

"웃기지 마! 여기에 태천맹주가 있었다면 맹주를 죽일 생각이었다는 소리야?!"

내가 공포를 이기려고 비명을 지르듯 외치자 부총관이 고개를 갸웃거렸다.

"못 죽일 이유도 없잖아. 그놈을 살려 둘 이유가 없어."

"……!!"

대체 이놈의 정신 상태는 뭐란 말인가. 사람 죽이는 걸 정말 벌레 죽이는 것처럼 생각하고 있다!

"그런 시시한 얘기는 됐으니까 내 말을 들어. 속세에 나온 건 오랜만이라 빨리 일을 끝내고 낙양에서 맛있는 걸 잔뜩 먹고 가야 한단 말이야."

부총관의 목소리는 차라리 간절할 정도였다. 진심으로 천룡육신군이나 맹주 따위는 별거 아니라고 생각하는 듯해서 더욱 오싹했다. 지금까지는 대충 보면 상대방의 무공 수위를 감 잡을 수 있었는데, 이놈은 달랐다.

마치…… 천외천을 보는 것 같았다. 남룡제를 보는 것처럼…… 짐작도 가지 않는다. 설마 이놈은 남룡제 급의 고수라는 말인가? 내가 침묵하자 부총관이 입을 열었다.

"다음에 열릴 검성전에서 우승(優勝)해라. 그러면 네 사부들의 금제(禁制)를 풀어 주마, 라고 총관이 말했어."

"뭐? 금제?"

뜬금없이 무슨 귀신 씨나락 까먹는 소리인가 싶었다. 검성전 우승을 내게 주문하는 이유를 알 수 없을뿐더러, 사부들의 금제를 풀어 준다는 소리가 생뚱맞았기 때문이다. 하지만 나는 잠시 후 기억 속에서 성구몽 장로가 했던 말이 떠올랐다.

"금제 때문에 더 말할 수 없는 게 아쉽구나."

설마…… 금제라는 건 신룡전(神龍戰)에서 생긴 것이란 말인가? 그렇다면 성구몽 장로나 태월하 장로, 채은 장로도 신룡전에 참가한 적이 있단 말인가. 태월하 장로는 분명히 장강 일대에서 불가일세로 꼽히던 고수이니 가능성이 있었다.

나는 공포심을 잠시 죽이면서 되물었다.

"금제라는 게 대체 뭐지? 신룡전에 대해서 언급하지 못하게 하는 건가?"

"그것도 있고."

부총관은 가부좌를 틀고 앉은 채 턱을 괴었다. 나와 별 차이 없어 보이는 나이라서 이질감이 들었다. 그것보다 남자인지 여자인지 잘 구분이 가지 않았다. 태천맹주나 있을 자리에서 태연하게 말하는 괴인이라니.

"세 가지가 있어. 신룡전의 비밀 언급 금지, 제자 금지, 자식 금지."

"무슨…… 그런 금제가 대체 무슨 의미가 있다는 거 냐."

약간 황당했다. 비밀 유지를 위해서 신룡전 언급을 금 지하는 건 이해할 만하지만, 무술가에게서 있어서 목숨줄 이나 다름없는 제자와 자식을 금지시키다니! 그래서는 자 신이 평생 익혔던 무예를 후인에게 물려줄 수 없지 않은 가.

부총관이 어깨를 으쓱했다.

"알 게 뭐야? 하여튼 중요한 건 너희 사부들은 금제를 어기고 너라는 제자를 만들어 버렸고, 총관이 지금 당장 참살(斬殺) 명령을 내려도 할 말 없다는 거지."

나는 기세에서 눌리고 싶지 않아서 조용히 말했다.

"사부들은 그렇게 쉽게 당하지 않는다."

"뭐, 속세 무림이라면 그렇겠지만, 신룡전에선 꼭 그런

것도 아니거든."

부총관은 심드렁하게 턱을 괴고 말했다.

"신룡전에서 네 명이면 충분해. 너희 사부들이 중원 어디로 도망치든, 어떤 세력과 손을 잡든 네 명만 있으면 십 주야 내에 내 목을 벨 수 있다구."

"……."

나는 부총관이 하는 말이 전혀 허세가 아니란 걸 느끼고 오싹한 기분이 들었다. 분명히 눈앞의 부총관이 지닌 경악스러운 무공을 생각하면, 신룡전에 있는 자들은 보통 고수가 아닐 것이다. 성구몽 장로나 태월하 장로가 천룡육신군에 비해서 떨어지지 않는다고 하지만, 과연 부총관을 상대해서도 버틸 수 있을까?

내가 조용히 있자 부총관이 자리에서 일어섰다. 그는 이제 이 장소에서 흥미를 잃은 모양이었다.

"태오, 이야기는 모두 전했어. 그럼 십 년 후에 또 보자구."

"보기 싫은데."

이 자리에서 죽는다고 해도 쫄고만 있는 건 성미에 맞지 않았다. 내가 퉁명스럽게 대답하자 부총관이 킬킬거리며 웃었다.

"왜 그래? 나도, 환룡(幻龍) 씨도 손꼽아 기다리고 있다구. 예전처럼 재밌게 놀자."

"……뭐?"

파앗

다음 순간, 눈앞에서 섬광이 터지더니 부총관의 신형이 사라져 있었다. 화약을 뿌렸나 살폈지만, 화약의 잔향이 없었다. 순수하게 광채를 토해 내며 무시무시하게 빠른 경공으로 이동한 것이다. 세간에 알려진 무공의 상식으로 는 도저히 불가능한 일이라서, 나는 그저 부총관이 한순 간 소리의 속도를 몇 십 배나 초월했다고밖에 생각할 수 없었다.

나는 그 자리에 가만히 서서 중얼거렸다.

"환룡이라고……?"

이해가 되지 않았다.

여기에서 탈혼경의 작가인 환룡이 왜 나온단 말인가. 그는 단지 소설가일 뿐 아닌가? 어째서 그를 신룡전의 부 총관이 친구처럼 부른단 말인가.

게다가 '예전' 이라고 했다. 부총관은 처음부터 내게 살 의를 품지 않고 있었으니, 아마도 나를 어디에선가 본 적 이 있다는 소리다. 하지만 그런 일이 있을 리가 없잖은가!

도대체 어떻게 된 거지?

＊　　　＊　　　＊

지옥 같은 냄새가 흘러나왔다. 차라리 지옥이면 좋겠지만, 샛노란 암연(黯煙)이 피어오르는 지하는 현실이었다.

"호오오? 이거, 천룡육신군이 거의 다 와 주다니."

명옥전(冥獄殿).

태천맹의 고수들이 천하의 마두들을 잡아 가둔 천하의 뇌옥(牢獄), 명옥전의 입구에는 여섯 명이 대치한 채 숨막히는 살기를 내뿜고 있었다. 명옥전의 입구를 막아서고 있는 건 천룡육신군 중에서 현빙신군을 제외한 다섯 명이었다.

그들과 대치하면서 유들유들하게 말하는 백색 여우가면의 사내는 팔짱을 끼고 있었다. 그의 등 뒤에는 세 명의 수인(囚人)이 서 있었다. 백색 여우가면이 선별해서 골라낸 수인들은 하나같이 강호에 있을 때는 대마두(大魔頭), 혹은 마인(魔人)이라 불리는 자들이었다. 지금은 내공이 폐쇄당하고 근골이 끊어져서 폐인이나 다름없긴 했지만.

백색 여우가면이 훗, 웃었다.

"솔직히 자신이 없군. 목숨을 걸면 그대들과 양패구상할 수 있겠지만, 이번 일이 내게 그렇게까지 중요한 것도 아니거든."

"말 돌리지 마시오, 흉신(凶神) 이고훈!"

천룡육신군의 한 명이자 일백 년 내 종남파(終南派) 최고의 검객이자 천룡전 팔강에 올랐던 무영검룡(無影劍龍)이 준엄한 목소리로 외쳤다. 그는 벌써부터 종남파의 최고 절학인 천하삼십육검(天河三十六劍)을 극성으로 끌어올리며 당장에라도 발출하려는 기색이 역력했다.

흉신악살(凶神惡殺)!

일백여 년 전, 검성과 경쟁하며 천하무림의 판도를 좌지우지했던 천하의 대마왕들. 사파의 양대마왕으로서 활동하며 태천맹과도 무수히 격돌했다. 흉신악살의 무공은 대단했지만 태천맹과 검성은 그 이상이라서, 팔십 년 전에 검성이 직접 그들과 상대한 이후로는 활동이 뜸해졌다. 검성이 그들에게 금제를 걸었다는 소리도 있었다.

하지만 흉신 이고훈과 악살 허낙윤은 이미 무림의 전설이나 다름없었다. 흉신 이고훈이라 불린 백색 여우 가면의 사내는 무영검룡을 비웃었다.

"내가 흉신 이고훈으로 보이느냐? 아는 게 아무것도 없구나!"

"뭐? 흉신목패(凶神木牌)를 쓰는 건 그밖에 없소."

"그는 내 사부다."

"……!!"

모여 있던 천룡육신군의 다섯 명은 다들 깜짝 놀랐다. 하긴 정말로 상대가 사파의 대마왕인 흉신이라면 아무리 천룡육신군이라 해도 당해 내지 못한다. 상대가 흉신의 제자라고 생각하니 그제야 아귀가 맞아 들어갔다.

'그렇다고 해도 우리와 비슷한 연배일 텐데 저렇게 강하다니, 역시 흉신악살은 허명이 아니군.'

무영검룡이 내심 긴장하고 있을 때, 검각주(劍閣主)가 한걸음 앞으로 나왔다. 그녀는 무림에서 가장 뛰어난 검의 명가인 검각의 각주였는데, 현재는 다른 검주에게 운영을 맡기고 천룡부에서 천룡육신군으로 지내고 있었다. 명예를 위해서 뛰어난 초절정고수들과 검을 연마할 필요를 느꼈기 때문이다.

검각주의 나이는 오십 줄에 접어들고 있었지만 겉보기에는 삼십 대의 미부(美婦)와 다를 바 없었다. 그녀는 차가운 눈으로 백색 여우가면을 바라보며 말했다.

"그대가 누구든, 뒤의 세 사람을 데리고 명옥전을 나갈 순 없습니다. 그자들은 죽을 때까지 여기 있어야 합니다."

백색 여우가면이 큭큭거리며 웃었다.

"너무하군. 아무리 악당이라지만 내공을 폐쇄하고 근골

을 끊은 주제에, 살아갈 자유도 주지 않는 것인가?"

"그들은 더 이상 무공을 사용하지 못하지만 타인에게
전수할 수 있으니까요. 마공(魔功)의 싹은 미리부터 잘라
놓아야 합니다."

"크흐흐흐……."

백색 여우가면이 기괴한 웃음소리를 흘렸다. 지금까지
와는 달리 약간의 분노가 스며들어 있었다.

"마공이라! 너희들의 기준으로 마공은 대체 뭐란 말이
냐? 이놈들의 무공이 유난히 파괴력이 강하고 살상력이
높으나, 허무맹랑한 전설처럼 피에 취하고 살육에 중독되
는 건 아니다. 그저 태천맹의 행사에 반발하다가 패해서
잡혔을 뿐일진대, 마공이라고?"

"그들은 선한 존재가 아닙니다. 당신 뒤에 있는 동월검
마(冬月劍魔)는 하룻밤에 이백 명이나 되는 무림인을 살
상했습니다. 인간의 마음을 지니고 있다면 그런 행동을
할 수 있겠습니까?"

검각주가 한 마디도 지지 않고 반박했지만, 백색 여우
가면은 코웃음 쳤다.

"흥! 태천맹 사천 지부장의 아들놈이 이놈의 연인을 강
간했기에 분노했다는 사실을 말하지 않는군. 그것도 동월
검마 놈은 사건에 관계된 자들과 태천맹 지부의 무림인만

죽이고 투항했다. 네년이 당사자도 아니면서 감히 그를 욕할 자격이 있다는 말이냐."

"……."

검각주가 힐끔 동월검마의 얼굴을 살폈다. 그는 별다른 분노의 감정도 없이 땅만 쳐다보고 있었다. 너무 오랜 시간을 뇌옥에 갇혀 있어서 감정이 메말라 버린 듯했다. 분노할 힘조차 남아 있지 않은 것이다.

"무림인은 본디 자신의 무학으로 타인을 살상(殺傷)하며 명성을 쌓고 자신을 수양하는 존재! 그 본질을 부정하고 자기 입맛대로의 선악(善惡)으로 살아가는 네놈들이 무인(武人)이라 불릴 자격이 있겠느냐!"

"사파인 주제에 꽤나 자신 있게 말하는군."

사천당문(四川唐門)의 장로이자 천룡육신군인 서독왕(西毒王)이 퉁명스럽게 말했다. 그는 동월검마가 날뛸 때 자신의 처조카가 죽은 일이 있어서 지금의 대화가 껄끄러웠다. 동월검마의 일은 그로서도 태천맹이 과한 점이 있다고 생각했지만, 하필 사파의 인물이 그 상처를 헤집는 게 달갑지 않았다.

서독왕이 금빛 수투를 끼며 말했다.

"당신이 흉신이든 흉신의 제자든 중요한 게 아니오. 우리 다섯이 힘을 합쳐서 당신 하나를 못 이길 거라 생각하지 않소. 덤벼 보시구려."

"……."

 백색 여우가면은 신중한 표정을 지었다. 물론 그는 초
대 검성의 경쟁자였던 흉신악살의 수제자 급인지라 천룡
육신군 한두 명 정도는 가볍게 이길 자신이 있었다. 하지
만 다섯 명이나 몰려들어서 합공을 한다면 감당하기 힘들
었다. 그들은 하나하나가 천하에서 스무 손가락 안에 든
다고 인정받은 초절정고수들이기 때문이다.

 그것도 지금은 뒤에 있는 세 사람을 데리고 나가야 했
다. 짐덩이까지 있는 상태에서 천룡육신군을 이기는 건
불가능에 가깝다. 이런 일을 해낼 수 있는 건 검성이나 흉
신악살 급의 절대자나 신룡전 참가자 정도였다.

 그는 무리하지 않기로 마음먹고 천천히 말했다.

 "이 자리에 현빙신군이 없는 걸 보니 태오를 혼자 감당
하게 하려나 보군. 과연 할 수 있을까?"

 "쥐가 고양이 걱정 하는 격이군. 현빙신군은 대막(大
漠) 최고의 고수 중 하나로 꼽힌 분인데, 그런 애송이에
게 질 리가 없소."

 "크크크, 태오가 검귀를 꺾을 때 누가 예상이나 했는
줄 아느냐?"

 "시간을 끌 생각이라면 소용없소."

천룡육신군은 전혀 냉정을 잃지 않았다. 서독왕이 고개를 까닥였다.

"각지에 모여 있던 인룡부와 지룡부의 고수들, 그리고 지단(支團)의 단장들이 돌아오고 있지. 시간이 흐를수록 유리한 건 우리 쪽이오."

"……."

하지만 행동에 동요가 없는 건 백색 여우가면도 마찬가지였다. 아직도 여유만만하게 팔짱을 풀지 않는 여우가면을 보면서 천룡육신군은 불길함에 휩싸였다. 어쩐지 상대의 의도대로 끌려가는 듯한 기분이 들었기 때문이다.

잠시 후, 백색 여우가면이 입을 열었다.

"미안하지만 조력자라면 나도 있다네."

퍼퍼펑!

갑자기 둔중한 폭음이 멀리서 났다. 천룡육신군은 그대로 자세를 유지했지만, 표정에는 당혹감이 흘렀다. 이건 적어도 수백 관의 폭약이 터진 정도였다. 잔향으로 보아서 지하가 아니라 지상 상층부에서 울린 것이니, 바깥은 지금쯤 아수라장이 되어 있을 것이다.

폭약은 관에서 엄중히 보관하는데다가 민간에서는 보유하기만 해도 즉결 사형이 되는 죄였다. 게다가 무림에서는 폭약은 절대 사용하지 않는다는 관례가 있어서 다들 예상치 못한 것이다. 천룡육신군의 당황을 보고 즐기듯이 백색 여우가면이 말했다.

"내 부하들은 꽤 유능하지. 지금쯤이면 태천맹의 제룡전(際龍殿)과 구파전(九派殿)은 형태도 남지 않았을 것이다."

"뭐, 뭐라고! 폭약을 쓰다니!!"

천룡육신군, 서문욱(西門旭)이 당황했다. 그는 서문세가에서 수위를 다투는 초절정검객이었지만 예상치 못한 사태에는 약했다. 문제는 폭약이 태천맹에서 터졌으니 관가에서 어떻게 압박해 올지였다. 정치적인 후폭풍까지 생각하니 머리가 터질 것 같았다.

"흐흐, 좀 있으면 여기도 부서질지 모르는데, 드잡이질을 하고 싶다면 마음대로 하게."

"으음……."

서독왕과 검각주는 침음성을 흘렸다. 물론 이곳은 심층 뇌옥인데다 튼튼하게 지어져서 아무리 대단한 폭약이 지상에서 터져도 바로 무너지진 않는다. 하지만 그들 정도의 초절정고수가 격전을 벌이면 약해진 지반이 붕괴할 가능성을 결코 무시할 수 없었다. 그렇게 되면 백색 여우가면, 흉신의 제자와 함께 사이좋게 황천으로 가는 것이다.

절세의 창술가이자 광동 최고의 고수, 사륜신창(四輪神槍)이 창극을 늘어뜨리며 한숨을 쉬었다.

　"후우, 무서운 자로군. 당신은 치밀하게 계획하고 쳐들어온 거였군."

　여우가면은 어깨를 으쓱했다.

　"알아 봤자 어쩔 텐가? 이대로 대치할 테면 마음대로 해 보게. 지반붕괴 정도는 내가 마음만 먹으면 언제든 가능한 일이니."

　"……."

　천룡육신군들은 자신들이 함정에 빠졌다는 사실을 인정해야 했다. 애초에 태오의 전언 따위 무시하고 바로 태오를 제압한 후, 재빨리 조직을 정비했다면 폭약에 건물이 터지는 일을 방지할 수 있었을 것이다. 상황이 여기까지 온 데는 백색 여우가면의 심계가 그야말로 절묘했다는 점이 컸다.

　'어쩔 수 없지.'

　힐끔 서독왕을 바라보던 사륜신창이 모두에게 전음을 보냈다.

　[무영검룡, 검각주, 서독왕, 서문욱. 이 자리는 양보합시다. 위쪽 소광검마의 일도 정리되지 않은 상태에서 너무 큰 위험을 무릅쓸 수는 없소.]

서독왕이 반발하는 전음을 보냈다.

[하지만 그렇다고 마두 세 명을 그냥 해방하자는 소리요?]

[어차피 내공이 폐쇄되고 근골이 끊어진 자들이오. 저런 반병신들을 데려간다고 해서 어디에 써먹을 수 있겠소?]

[그것도 그렇군.]

천룡육신군의 기세가 누그러지자 백색 여우가면이 차가운 미소를 지었다. 자신의 생각대로 일이 풀려 가자 절로 흥이 난 것이다. 약간은 즉흥적인 계획이었지만 태오가 뜻밖에 맹주전 바로 앞까지 빠르게 뚫어 준 덕분에 쉽게 폭약을 설치할 수 있었다.

"결론이 난 듯하군. 그럼 비켜 주실까?"

"조심하시오. 지상으로 올라오면 결코 사정을 봐주지 않겠소."

위로 올라가서 기다리겠다고 서문욱이 으름장을 놓았지만, 백색 여우가면은 그저 침묵할 뿐이었다. 이윽고 천룡육신군들이 빠른 경공으로 사라지자 백색 여우가면은 등 뒤의 세 사람을 이끌고 서서히 걸음을 옮겼다.

그가 도중에 뒤를 돌아보며 말했다.

"내가 왜 너희 셋만을 구해 주었는지 알고 있느냐?"

세 사람의 수인은 잠시 대답하지 않았다. 그들은 현재

백색 여우가면의 무공 수위를 짐작한 상태였고, 자신들의 몸이 정상이라도 이기기 힘든 초고수라는 사실을 인지하고 있었다. 같은 무인으로서 경외(敬畏)마저 일어나는 상대였다.

그들 중에서 동월검마가 조용히 대답했다.

"태천맹의 부당한 행사와 싸운 자들만 구해 주셨습니다."

"맞다."

백색 여우가면은 뒷짐을 지고 걸으며 말을 이었다.

"너 동월검마도 그렇고, 다른 두 사람도 사연이 있지. 염마군(炎魔君)은 친구가 태천맹 무인에게 억울하게 살해당해서 복수했고, 화백난영수(華白亂影手)는 자기 실력을 시험하려고 비무행을 하다가 트집을 잡혀서 마두로 몰렸지. 천하에서 너희보다 태천맹에 강한 원한을 지닌 자는 찾아보기 드물 것이다."

가만히 이야기를 듣고 있던 염마군이 입을 열었다.

"우린 이미 무인으로서 끝장난 몸입니다. 이용하려 하셔도 그럴 만한 건덕지가 없습니다."

"크크크, 속세의 무림이라면 물론 그럴 것이다."

세 사람의 시선이 백색 여우가면에게로 향했다. 마치 치료할 방법이 있다는 것처럼 들렸기 때문이다. 하지만 백색 여우가면은 바로 의문에 대답해 주지 않고 그들을 차가운 눈으로 응시했다.

"이 자리에서 맹세해라! 나를 위해 목숨 바쳐 일하고, 영혼에 걸고 배신하지 않는다고! 맹세를 한다면 나는 너희에게 예전보다 강한 무공과 복수할 기회를 동시에 줄 수 있다."

"정말입니까?"

화백난영수가 믿기지 않는다는 듯 멍한 표정으로 여우가면을 바라보았다. 그는 열심히 싸웠지만 지룡부 고수들의 합공에 사로잡힌 적이 있어서 태천맹에 대한 공포가 유달리 컸다.

"당금 태천맹은 십삼 개 정파와 각종 무림세가가 연합해서 중원일통(中原一統)을 이룬 거나 마찬가지입니다. 정말로 그들에게 복수할 무공을 주실 수 있단 말씀입니까?"

"그렇다!"

백색 여우가면은 단호하게 말했다.

"그들은 너무 오랫동안 힘을 휘둘렀다. 이제 몰락할 때가 왔지!"

"……!!"

"자, 결정해라! 내공쯤은 백 일이면 되찾을 수 있고,

삼 년이면 충분한 힘을 갖출 수 있다. 피와 살을 깎는 고통이 뒤따르겠지만, 충분히 가능해."

세 사람은 서로를 쳐다보았다. 뇌옥에 있는 동안 거의 친분 관계도 없이 지내 왔지만, 서로의 사연을 듣고 보니 마치 형제 같은 동질감이 일어났다. 그들은 약간 망설이다가 서로의 눈동자에 맺힌 불꽃을 읽었다. 그 불꽃은 오로지 복수 하나만을 외치고 있었다.

"하겠습니다."

"어떻게든 하겠습니다."

"부디 받아들여 주십시오."

셋이 거의 동시에 무릎을 꿇었다. 백색 여우가면은 그들의 마음이 통일된 것을 느끼고 흡족해했다. 사실 무공이나 재질이 뛰어난 놈만이라면 얼마든지 다른 곳에서 구할 수도 있겠지만, 앞으로 태천맹을 칠 대계에는 이 셋이 반드시 필요했다. 집념과 원한만 있으면 얼마든지 나머지는 그의 농력으로 채워 줄 수 있다.

백색 여우가면이 기다란 담뱃대를 꺼내 들었다.

"나는 황궁 삼대수호령, 백황령(白皇靈)이다. 아까 들었던 대로 사파쌍마 흉신의 수제자이며, 금의위 서열 일위를 맡고 있다."

"......!!"

세 사람은 무릎을 꿇은 상태에서 경악스러운 표정을 지었다. 백색 여우가면은 마치 그들의 반응을 즐기듯이 뜸을 들이다가 말을 이었다.

　"신룡전(神龍戰)에 참가한 것을 환영한다."

7.

최후

콰과과광!!

"뭐야?"

나는 경공으로 맹주전을 빠져나오다가 갑자기 먼 곳에서 강대한 폭음이 울리는 걸 들었다. 잘 보니 육안에 비칠 정도의 폭염이 치솟아 오르고 있었다. 거대한 전각 두 개가 박살 난 듯 사방이 아비규환이었고, 여기저기 시체가 널브러져 있었다.

나는 누각 끝에 앉아서 체력을 회복시키며 생각했다.

'저쪽으로 가야겠군. 혼란스러울 때가 더 포위를 뚫기 쉬울 거야.'

일단 신룡전 부총관의 일과 현빙신군, 그리고 태천맹주의 실종에 대해서는 머릿속에서 지워 두기로 했다. 이 일에 거대한 음모가 얽힌 것은 알고 있지만, 지금 나는 내 목숨 챙기기도 바쁜 상황이었다. 이 자리에서 살아서 벗어나기만 하면 내 목적은 달성되는 셈이기에 마음도 한결 편했다.

파밧!

허공을 유영하듯이 경공으로 단번에 육 장 거리를 뛰자 몸이 가벼웠다. 방금 전에 현빙신군을 상대하면서 큰 부상을 입었지만, 소주천을 몇 번 돌리니 지혈도 되고 체력이 많이 회복된 덕분이었다.

짧은 순간이었지만 많은 생각을 했다. 그중에서 제일 마음속에 깊게 각인된 사실은 '아직은' 무림 정상을 노리기엔 벅차다는 것이다.

부총관이라고 불리던 괴인의 무공은 상상도 하기 힘들었다. 현빙신군이 어떻게 죽는지도 모르다니, 이건 명백한 수준 차를 보여 주는 것이었다. 생각하기도 싫지만 그 자리에서 부총관이 나를 죽이려 들었다면 대항할 수 있었을지 의문이었다.

'쳇, 하지만 검성지륜 만승천검결은 아직 끝이 아니야.'

난 아직까지 만승천검결을 온전히 익힌 게 아니다. 만승천검결은 그저 내가 익혔던 무공들을 자연스럽게 연계시켜 주고, 은연중에 검성의 경험을 전승시켜 주는 효과였다. 이것만으로도 뛰어난 절학(絕學)이긴 하지만, 구성천을 눌렀다는 검성의 진신절기라고 보기엔 부족한 면이 있었다.

무언가가 만승천검결의 기저(基底)에 남아 있다는 직감이 들었다. 그리고 그건, 남룡제의 초인(超人)적인 강함과 연관이 있을 것이다. 내가 지니고 있는 만승천검결의 각성 작용만으로는 결코 그런 괴물 같은 실력을 보유할 수 없기에.

그때였다.

달빛에 비쳐서 세 개의 인영(人影)이 머나먼 누각 위에 서 있는 게 얼핏 보였다. 거리는 약 일백오십 장 정도였는데, 희미한 점으로 보이는 자들에게서 풍기는 기파(氣波)가 너무 맹렬해서 주시하게 되었다.

저자들은 뭐지?

내가 잠시 몸을 전각 아래에 숨기고 안력을 돋우어서 그들을 쳐다보고 있자 달빛을 등지고 있던 자들은 어디론가 몸을 날려서 사라졌다. 방향이 이쪽이 아니라서 나는 금세 밖으로 나왔다.

만일에 마주친다면 껄끄러워질 것 같았다. 저만한 거리에서 흠칫할 정도의 기력을 사방으로 방출할 수 있다는 건, 틀림없이 호신기를 자유자재로 운용할 수 있는 수준이란 뜻이었다. 지금 고수와 만나 봐야 좋을 게 없었다.

화르르륵.

"불을 꺼!!"

"제길, 안에 사람이……!!"

사고 현장에 도착하자 곳곳에 사람들이 외치면서 진화(鎭火) 작업에 여념이 없었다. 중상자도 있었고, 새카맣게 불탄 시체도 있었다. 폭약 때문에 일어난 불이라서 그런지 끄는 게 더 어려워 보였고, 용수(用水)만으로는 한계가 있어 보였다.

'도와줄까.'

나는 어둠 속에서 지켜보고 있다가 내공을 모아서 앞으로 일 장(一掌)을 내뿜었다. 광혈인의 공력을 최대한으로 돋우면서 삭결(削決)을 운용했으니, 마치 태풍을 연상시키는 광풍이 전방으로 몰아쳤다.

후우우욱!!

내공에 수기(水氣)를 섞어서인지, 몰아치는 기파는 순간적으로 불타는 누각 전체를 감쌌다. 그러자 시퍼렇게 불타던 전각의 불꽃은 소실되었다. 건물이 붕괴될 염려는

없는 게, 밀어내는 힘을 최대한 약하게 했으므로 화염만
이 천공으로 향하는 것이다.

"지금이다!"

진화 작업을 하던 사람들은 멍한 표정을 지었지만, 이
내 기뻐하며 안으로 구조 작업을 하러 들어갔다. 이걸로
몇 사람이나마 살릴 수 있다고 생각하며 다시 자리를 이
동했다.

그러고 보니 나 점점 착해지는 거 아닐까? 원래 성격이
었다면 죽든 말든 귀찮아서 그냥 내버려 뒀을 텐데, 지금
은 정체가 드러나는 걸 감수하고라도 도운 게 아닌가. 예
화의 말이 마치 금고환처럼 두뇌를 옥죄는 느낌이었다.

불살(不殺).

지금의 나는 그 신념을 지켜 나가면 뭔가 얻는 게 있다
고 생각하고 있다. 이 생각이 유지되는 동안에는 협(俠)
을 행하는 걸 주저하지 않을 것이다.

'음, 오십 장만 더 가면 태천맹을 나갈 수 있군.'

나는 어둠 속에서 아무도 마주치지 않자 안심이 되었
다. 이곳에는 온갖 태천맹의 고수들이 수백 수천 명이나
바글거리고 있지만, 갑작스러운 폭발과 화재 때문에 정신

이 없어서인지 도망치기가 편했다. 오십 장이면 그냥 눈에 띄어도 뛰면 되는 거리라서 나는 여유롭게 어둠 속을 유영했다.

……살기(殺氣)?!

갑작스럽게 일직선으로 쏘아져 오는 살기 때문에 나는 정문을 놔두고 이십 장 거리에서 멈춰 설 수밖에 없었다. 힐끔 뒤를 돌아보자 새벽녘의 어둠 속에서 십여 명의 사람들이 도열해서 나를 노려보고 있었다.

"소광검마 태오 맞지!"

삐익—

대답하기도 전에 그들 일행이 신호하는 듯한 호각을 길게 불었다. 동시에 작은 폭연까지 터뜨렸다.

"음, 운이 없군."

나는 한숨을 쉬었다. 하필이면 여기서 걸리다니. 문을 나가서까지 계속 달려야 하는 처지가 된 셈이다. 정의감에 불타는 태천맹의 무인들은 나를 둘러싸고는 긴장하면서 주변을 맴돌았다. 그러고는 대장으로 보이는 청년 무인이 외쳤다.

"함부로 덤벼들지 마! 어려 보여도 무공 수준이 지룡부 고수에 못지않다!"

정확히는 이제 지룡부 고수도 다 바를 수 있지만 말이지.

"똑똑한데."

나는 그의 얼굴을 기억해 두기로 했다. 현명하고 냉정한 판단을 보니, 앞으로 나이를 먹을수록 뛰어난 무인(武人)이 될 것처럼 보였다. 하지만 감탄만 하고 있을 수도 없는 노릇이라, 나는 검을 뽑아 들고 말했다.

"말해 두지만, 나는 사람 죽이는 걸 별로 안 좋아해. 하지만 안 죽인다뿐이지, 팔다리 한두 개쯤 잘라서 몸을 가볍게 해 줄 순 있다고."

"이 자리에 그 정도 부상을 두려워하는 사람은 없다!"

"흥, 너만 그런 거 같은데?"

나는 대장으로 보이는 청년을 비웃었다. 다들 티는 안 내고 있지만, 근육이나 호흡에서 겁먹었음이 여실히 드러났다. 말할 때 기세를 실어서 말했기 때문에 가벼운 견제에 주눅이 든 것이다.

"멋대로 내 별호에 마(魔)를 붙였겠다? 원하는 대로 비겁한 짓을 해 주마!"

파앗!

괜히 도발했다가는 사상자만 많아질 것 같아서 주눅 들어 있을 때 재빨리 공격하기로 했다. 아마도 인룡부의 청년단 고수들인 듯, 그들은 남녀를 가리지 않고 진법을 구성해서 나를 막으려 했다. 무림 명문세가의 검술과 도법이 마구잡이로 펼쳐지면서 나를 좁은 공간에 가두려 했다.

분명 쉽게 보지 못할 공격인 건 맞았다. 이걸 일일이 상대하려면 초식을 생각하느라 머리가 엄청 아플 것이다.

콰쾅!

"으아아악!"

"말도 안 돼!"

하지만 내가 발차기를 두 번 하고 일 장을 사방으로 뻗어 내자 충격파 때문에 십여 명의 청년들은 그대로 뒤로 멀리멀리 날아갔다. 가벼운 아라한신권의 초식일 뿐이었지만 담겨 있는 공력이 대단하기 때문에 현묘함이 없어도 대충 다 이길 수 있는 것이다.

"아싸! 이겼다!"

대충이란 게 중요하다. 상대방은 죽을힘을 다해야 승산을 가질까 말까지만, 나는 딴생각을 하면서 대충 싸워도 이긴다. 이미 싸움이라고 부를 수 있는 수준이 아니었다.

나는 장내가 정리되자 아까의 대장 청년에게 다가가서 고개를 숙였다. 그는 움직여서 덤벼들려고 했지만 내가 검기점혈을 하자 꽁꽁 굳어 버렸다.

"어이, 다친 데는 없지?"

그는 경악해서 중얼거렸다.

"이, 이놈…… 어떻게 이런 무공을……."

"날 잡고 싶으면 방금 전의 열 배는 끌고 와. 너 이름 이 뭔데?"

"……제갈현(諸葛舷)이다."

무협 소설을 보면 제갈세가는 대개 머리 쓰는 역할이었 다. 제갈량의 후손이라는 설정도 있다. 나는 왠지 소설이 현실이 된 느낌에 킥킥 웃었다.

"그래, 제갈현. 너, 제갈세가니까 머리 잘 쓰겠네. 머 리도 좀 써 보고."

나는 그에게 충고를 해 주고는 빙글 몸을 돌렸다. 슬슬 신호에 자극받은 놈들이 몰려올 때라서 재빨리 사라지려 는 것이었다. 그때, 뒤에서 몸이 굳어서 누워 있는 제갈현 이 약이 올랐는지 외쳤다.

"빌어먹을!! 그래, 머리를 써서 붙잡아 주마, 태오!"

슈슉.

정문을 나서고도 계속 사람들이 쫓아오는 기색이 있었 지만, 수선사계 중에서 가을[秋]의 움직임을 응용해서 허 공에서 두 번이나 가속하자 사람들이 멀어지는 게 느껴졌 다. 나는 근처의 그늘에 숨어서 한숨을 돌렸다.

'새벽이라 다행이다. 이런 식으로 너댓 번만 더 이동하 면 낙양은 무난히 벗어나겠군.'

낙양에 계속 숨어 있을 수도 있지만, 태천맹을 저 모양으로 뒤집었으니 더 이상 무리해도 의미가 없다. 자달선생이 내게 부탁한 일도 다 해냈으니 나머지는 남룡제에게 맡겨 두는 것이다.

"성공적으로 해치웠군."

"어? 당신은……."

누군가가 말을 걸어오길래 반사적으로 고개를 돌렸다. 사실 육 장 밖에서 이미 존재를 감지하고 있었지만 살의가 없어서 내버려 두고 있었다. 가까운 거리에서 얼굴을 확인하니 아는 사람이라서 약간 놀랐다.

"알타리 사숙, 볼일은 다 하셨소?"

유극문 사상 최고의 천재이자 사검사인 내 사숙, 알타리는 희미하게 고개를 끄덕였다. 그의 옷에는 점점이 피가 튀어 있어서 나에 못지않게 격전(激戰)을 치르고 왔다는 사실을 알 수 있었다.

'누구와 싸운 거지?'

게다가 저 장검에서 흐르는 흉기(凶氣)는 심상치 않았다. 살점의 흔적도 있는 것으로 봐서 사람 꽤나 죽였다는 사실을 짐작할 수 있었다. 알타리 사숙은 자신의 뺨을 소매로 슥, 닦으며 말했다.

"그래. 아직 좀 남긴 했지만 할 일은 했다."

"누구와 싸웠는지 궁금하구려."

이윽고 들려온 대답에 나는 깜짝 놀랐다.

"혁련세가(赫連世家)!"

혁련세가라면 분명히 내가 쓰러뜨렸던 인룡부 단장의 가문이다. 창천검법이란 건 무협 소설에서 꽤 나오는 편이라서 일부러 확인까지 했던 기억이 있다. 뭐니뭐니 해도 시골에서도 알 정도로 관부와 밀접하게 연결되어 있는 명문세가니까.

그런데 알타리 사숙이 어째서 혁련세가로 가서 싸움을 걸었단 말인가.

내가 어리둥절해하자 그가 귀기어린 웃음을 띄었다.

"인면수심(人面獸心)이 많다는 사실을 귤 녀석에게서 듣고 확인했지. 놈들을 살려 둘 이유도 없어서 바로 쳐들어갔다."

"네? 무슨……."

알타리는 여전히 웃는 얼굴이었다.

"고맙다. 네 덕에 태천맹에서 아무도 지원이 안 와서……."

이어진 말에 나는 전신의 피가 싸그리 말라 버리는 듯한 감정에 휩싸였다.

"혁련세가 놈들을 최대한 척살(刺殺)할 수 있었다."

"……!!"

이게 무슨 소리야?! 싸웠다길래 그냥 혁련세가 몇 명을 죽인 줄 알았는데 척살이라니. 내가 알고 있던 여유작작한 알타리 사숙이 맞는지 의심이 들어서 모습을 살폈다. 하지만 여전히 면구를 쓰고 있긴 해도 알타리 사숙인 건 틀림없었다.

내가 어안이 벙벙한 표정을 짓고 있자 그는 쓴웃음을 지었다.

"자세한 얘기는 나중에 하자. 단번에 백여 명 이상 죽인 건 처음이라 약간 피곤하다."

저렇게 말하는 걸 보면 확실히 그는 지옥(地獄)을 열었다. 아마 혁련세가 건물 내에 살아 있는 것이라면 모조리 칼을 쑤셔 박아서 숨통을 끊었으리라.

"사숙, 제정신입니까?"

나는 잠시 주먹을 떨었다. 사람을 죽였다는 사실 자체에 큰 감흥은 없었다. 사실 예화에게 이야기를 듣기 전에는 나도 무감각하게 살인을 해 댔으니까. 하지만 지금 알타리 사숙은 살인이 정당하다는 식으로 이야기를 하고 있었다. 때문에 나는 그가 미친 게 아닌지 의심할 수밖에 없었다.

"낙양에서 마음을 정할 게 있다고 하더니, 고작 학살 같은 걸 벌이려고 하는 거였습니까? 잠깐이나마 당신을 존경했던 내가 한심스러워지네요."

"고작 학살이라…… 뭐, 그럴 거야. 이성적으로 생각하면 틀림없이 그렇겠지."

알타리 사숙의 입꼬리가 비틀어졌다. 그는 광기 어린 웃음이 무엇인지 확실히 보여 주고 있었다.

"하지만 난 해야만 했다. 그게 전부다."

"……."

나는 뚫어져라 알타리 사숙을 쳐다보았다. 여기가 아무리 외진 골목 구석이라서 사람들이 올 가능성이 적다고 하지만, 난 여기서 낭비할 시간이 없었다. 그럼에도 불구하고 지금은 시간을 써서까지 알타리 사숙에게 한 마디 하고 싶었다.

"난 남의 복수에 상관하기 싫습니다. 혁련세가는 알지도 못합니다. 하지만…… 오늘 밤 하나의 가문을 몰락시켜 버렸는데, 그게 알타리 사숙에게 무슨 득이 된다는 겁니까?"

"후."

"대답해 주십쇼."

알타리 사숙은 뭐가 그렇게 재밌는지 입가에서 웃음이 떠나지 않았다. 그는 신기한 동물을 보는 눈빛을 하고 있었다.

"진심으로 궁금해하는 눈이군. 군자인 척하는 것도 아니고, 넌 정말로 궁금한 거구나."

"그렇다고 말했지 않습니까."

"큭큭, 큭큭큭큭⋯⋯."

"왜 웃습니까?"

"전부터 생각했지만, 너는 보통 사람과는 생각하는 게 달라. 그건 분명히 영웅(英雄)의 자질일 수도 있지만⋯⋯ 사람에게 버려지기 쉬울지도 모르지."

나는 알타리의 말에 대답할 말이 떠오르지 않았다. 내가 보통 사람과 다르다? 물론 내가 무공을 익혀 온 과정이나 겪은 일들은 보통 사람이라고 볼 수 없었다. 하지만 알타리의 말은 그것과 다른 근본적인 부분을 지적하는 듯했다.

알타리 사숙은 어깨를 으쓱였다.

"별거 아냐. 당한 만큼 갚아 줘라, 라는 말이 있잖아. 나는 삼십 년 전에 죽은 남궁세가의 사람 수를 정확히 백이십구 명으로 알고 있어서 그만큼 죽이고 왔다."

"⋯⋯네? 그건 흉신한테 습격당해서 무공의 명맥이 단절되었다고 했잖습니까?"

내가 알타리 사숙에게 들은 대로 반문하자 그는 고개를 저었다.

"나도 그런 줄 알고 있었는데, 남궁세가를 떠나서 유극문에서 수련하며 정보를 모으는 동안에 이상하다는 생각이 들더군. 알려진 흉신의 무공대로라면 남궁세가는 그냥 멸문했어야 정상인데 몇몇의 혈족을 남겨 두고 본관(本館)에 모였던 사람들만 학살당했으니까."

투두둑.

알타리는 횡으로 검을 크게 휘둘러서 혈진(血振)했다. 핏방울이 후두둑거리며 날아가는 걸 보면 정말 많이도 죽인 모양이었다. 어쩌면 알타리의 무공이 내 예측 이상일지도 모른다는 생각이 들었다. 혁련세가의 절정고수들이 모두 태천맹에서 일하고 있다고 해도, 백여명 이상의 무림인을 그 짧은 시간에 죽이는 건 어지간한 무공으로는 불가능했다.

역시 알타리 또한 천인일재, 천재 중의 천재라서 낙양에 머무는 짧은 시간 동안에 무공이 늘어난 건가?

"수도에서 관리로 지내며 살던 굴이 정보를 수집해 줬어. 그냥 혁련세가가 흉신인 척하고 공격해 와서 남궁세가 사람들을 학살한 것뿐이더군. 내 숙모며 친척뻘 되는 여자들은 죽기 전에 험한 꼴도 당한 것 같더라."

"그건……."

"크크, 그래. 혁련세가 따위가 아무리 세력이 대단해도

사파쌍마 흉신의 무공 흔적을 모방할 수 있을 리가 없잖
냐? 태천맹에서 그냥 정치적으로 남궁세가가 마음에 안
들어서 혁련세가를 사주해서 몰락시킨 것뿐이라고."

말이 길어지고 있었지만 알타리의 얼굴에는 이성과 광
기가 공존하고 있었다. 뭔가가 당장에라도 끊어질 것 같
았지만 필사적으로 참는 듯한 기색이었다. 그는 웃음을
참으면서 약간 손을 떨었다.

"나 자신은 별 감정 없었어. 조사를 하는 동안에도 내
가 태어나기 전의 일이라서 역사 공부를 하는 느낌밖에
들지 않았지. 진실을 알게 된 직후에도 그저 슬프다는 감
정만 붕 떠 있었다."

"그럼 왜 혁련세가를 척살한 겁니까?"

"무덤을 봤거든."

그 말을 하는 알타리의 표정은 약간 멍하니 꿈속을 떠
도는 듯했다.

"감정을 정리하고 낙양을 떠나려고 남궁세가 사람들의
묘가 있는 선산(先山)에 들렀다. 군집해 있는 무덤을……
나와 피가 이어진 수백 개의 무덤을 보니까 내 안에서 뭔
가 박살 나 버렸다."

"……"

"웃긴 일이지. 약해 빠진 남궁세가의 무공에 실망해서

이름도, 출신도 버리고 유극문까지 나온 놈이…… 고작 그것 때문에……."

혈연(血緣)과 복수(復讐).

알타리 본인은 지극히 이성적인 인물이다. 진실을 알고 난 후에도 그냥 혁련세가를 내버려 두고 낙양을 떠나려고 할 정도였다. 하지만 혈연이라는 실감을 하는 순간, 감정이 급격하게 폭발할 수밖에 없던 것이리라.

알타리는 삽시간에 매우 힘들어하는 표정으로 변했다. 그는 골목에 기대 상반신을 늘어뜨리면서 천천히 말했다.

"저주야. 이건 저주지……. 난 언젠가 혈채(血債)를 변제할 테고, 내 자식은 또다시 그걸 갚으려 할 것이다."

"당연한 거 아닙니까? 당하고만 있을 수 있는 사람은 없어요."

나도 고민해 본 문제였다. 내가 무덤덤하게 대답하자 알타리가 희미하게 웃었다.

"그럼…… 언제 끝나냐? 이 고리는 언제 끝날까?"

"한쪽이 끝장날 때까지."

"그래, 나도 알아. 처음부터 알고 있었지. 하지만 끝내지 못했다……. 크크크."

알타리는 고개를 떨궜다. 왠지 말을 하기 힘든 분위기라서 나는 침묵한 채 알타리를 내려다보았다. 그는 지금 자신도 알 수 없는 감정에 빠져서 제대로 된 대화를 하기 힘들어 보였다. 사람이 정신적으로 이다지도 힘들어할 수 있다는 게 생경하게 느껴졌다.

잠시 후, 알타리 사숙이 말했다.

"넌 이제 가 봐라. 난 내 갈 길을 갈 테니."

왠지 이게 알타리를 보는 마지막이 될 것 같았다. 그래서 나는 고개를 숙이고 인사했다.

"그간 고마웠습니다."

대답이 없어서, 나는 고개를 돌리고 걸어갔다. 뚜벅거리며 걷는 동안 내 얼굴이 갈수록 냉막하게 굳어졌다. 별다른 감정의 변화는 없는 것 같은데, 이상한 일이었다. 새벽이 점차 지나가면서 하늘에 구름이 몰리고 대기에 습기가 고이는 게 느껴졌다.

'비가 오겠군.'

비가 오면 화재도 한결 빠르게 진압될 것이다. 나는 습기 속에서 새벽의 낙양 골목을 걸으면서 생각했다.

알타리가 가는 길의 끝은, 내 길의 끝과 통하지 않을까?

"……직접 오신 겁니까?"

태오가 떠난 후에도 한참이나 술 취한 사람처럼 앉아

있던 알타리가 중얼거렸다. 주변에는 아무도 없어서 독백인 것 같았지만, 골목의 입구에서 대답이 들려왔다.

"응. 흥미진진하잖아."

"광기발랄하시군요."

상대는 투덜거리는 기색이었다.

"재기발랄이라고 해 줘."

"훗……."

알타리는 쓴웃음을 지었다. 그러고는 검을 지팡이 삼아서 자리에서 일어섰다.

"사호(沙湖) 문주(門主), 문주께서도 낙양에서 볼일이 끝나셨습니까?"

그랬다. 알타리 앞에 나타난 것은 당대의 유극문주이자 천무검왕의 딸인 사호였다. 그녀는 여전히 백옥 같은 피부와 티 없는 이목구비를 지니고 있어서 절세의 미녀라는 사실이 변하지 않았다. 다소 입고 있는 옷이 달라졌지만, 아마 낙양에서 제일 유행하는 옷을 사 입어서일 것이리라.

사호가 고개를 끄덕였다.

"이번 일은 사호한테도 중요했거든. 뭐, 네가 혁련세가를 멸망시키는 건 예상 밖이었지만, 얼추 생각대로 흘러간 듯해."

"문주께선 신룡전 총관과 대등해지고자 하시는 겁니까?"

알타리의 질문에 사호는 고개를 저었다.

"사호의 목표는 신룡전이 아냐. 몇 번이나 얘기했는데도 못 알아듣네."

"천하통일(天下統一) 같은 소리를 진심으로 받아들일 사람이 몇이나 될지 자기 양심에 물어보시죠, 문주."

"사호는 언제나 진심이야. 어딘가의 바보처럼 감정에 흔들려서 방황하진 않는다구."

"여전히 독설이 강하시군요."

"그런 여자가 요즘 인기 많거든."

잡소리처럼 대화의 흐름이 흘러갔지만 뼈 깊은 몇 마디가 포함되어 있었다. 게다가 농담을 하는 것처럼 보였지만 알타리와 사호 중 누구도 웃지 않았다. 심지어 은근한 압력마저도 두 사람 사이에 흐르고 있었다.

알타리는 우묵한 눈으로 사호를 쳐다보았다. 그녀는 이미 한쪽 손에 장검을 비껴들고 있었다. 천무검왕의 유물이자 유극문에 대대로 전해지는 문주의 지보(至寶)였다.

"천무신검(天武神劍)의 빛은 여전히 훌륭하군요. 천하오대명검이라는 이름이 아깝지 않습니다."

사호가 빙긋 웃었다. 검을 칭찬하자 기분이 좋아진 듯했다.

"개인적으로 간장검이나 막야검보다 잘 든다고 생각해.

그것들은 마음[心]까지는 자를 수 없잖아."

"그건 소유주의 능력입니다만."

"궁극적으로 영혼[靈]마저 벨 수 없다면 똑같지만 말이지."

스윽.

사호의 말이 끝나자 검극이 알타리의 목젖을 향했다. 그녀는 알타리의 목숨을 지척에 둔 상태에서도 별다른 감정의 동요가 없는 듯했다. 어릴 적부터 알타리 이상의 수라장을 거쳐 왔으니 당연한 일일지도 몰랐다.

"지금부터 유극문주로서 널 죽일 건데, 죽는 이유 혹시 알고 있니?"

"세 가지의 죄(罪)라고 생각합니다."

"말해 봐."

알타리는 진지한 표정으로 대답했다.

"첫째, 잘생긴 죄. 둘째, 수많은 처녀들의 마음을 뺏은 죄."

"세 번째는 재수 없는 죄 아닐까?"

"그건 아니고, 마지막 죄는 유극문을 위험하게 만든 죄겠죠."

사호는 말없이 고개를 끄덕였다. 알타리는 예상했다는 듯 눈을 감았다. 지금까지 만담을 하듯이 이야기를 끌어

왔지만, 결론은 하나로 귀결되어 있었다. 처음부터 끝까지 숨어 다니던 사호 문주가 직접 알타리 앞에 모습을 드러낸 이유는 하나밖에 없는 것이다.

"네가 네 마음의 소리에 충실했듯, 나도 유극문을 지키려는 의무에 충실해야 해. 네가 하루라도 더 살아 있으면 총관은 더 이상 유극문을 좌시하지 않을 테니까."

수도 낙양의 힘의 고리는 모두 신룡전 총관과 무황령(無皇靈)이 관리한다. 신룡전 총관은 유극문도가 역학 관계를 변동시켰다고 생각하면, 하루 만에 유극문을 멸망시키는 것도 서슴지 않을 만한 존재였다.

"태오는 예외입니까?"

"내가 알기로 태오 녀석은 애초부터 '다른' 존재인 거 같더라고. 녀석은 내가 신경 쓸 필요가 없으니까 편해."

사호는 투덜거리듯이 말했다.

"너같은 애물단지가 아니라서 얼마나 좋아."

말과는 다르게 그녀의 눈은 약간 붉어져 있었다. 억지로 눈물을 참느라 힘들어하는 기색이 역력했다. 십여 년 이상 친하게 지냈던 친구를 자기 손으로 베어야 한다는 건 철혈의 여인으로서도 쉽게 받아들일 수 있는 일이 아니었다.

알타리는 피식 웃었다.

"얼씨구? 울면 문주 실격입니다만."

"누가 운다고 그래? 멍청아! 그냥 못 본 척하고 유극문으로 돌아올 것이지……."

"그렇게 살 수도 있었겠죠."

"……."

두 사람은 더 이상 말을 잇지 않았다. 어떤 말을 한다고 하더라도 해야 할 일이 바뀌지 않는다는 사실을 깨달았기 때문이다.

스윽.

알타리는 관을 고쳐 쓰고 단정하게 앉았다. 그리고 검을 수납해서 자신의 무릎 위에 놔두었다. 피에 젖어서 헝클어진 옷매무새도 고치자 헌앙한 모습이 다시 드러났다. 그는 눈을 감은 채 유언을 남겼다.

"남궁세가를 보살펴 주십시오."

"마지막 정도는…… 자기를 위한 유언을 남겨."

"생각처럼 잘 안 되는군요."

사호는 뭔가 말하려는 듯 입을 열었지만, 곧 입술을 깨물었다.

"……알았어. 힘닿는 데까진 해 볼게."

"감사합니다."

"그럼."

천무신검의 칼날이 알타리의 목에 가볍게 닿았다. 알타리는 죽기 직전의 순간까지도 놀라울 정도로 담담해지는 자신을 깨달았다. 문주의 검술 실력이라면 고통도 없이 보내줄 것이지만, 딱히 그걸 믿은 건 아니다. 그저 복잡한 삶의 고리에서 한 걸음 내려간다는 생각밖에 들지 않았다.

'문주, 안녕히……'

파앗!

그림자가 날았다. 짧은 핏줄기가 튀고 조그마한 그림자도 튕겼다. 검을 들고 있던 인영(人影)은 그 자리에 가만히 서 있더니 약간 고개를 숙였다. 어깨가 들썩인 것도 잠깐이었다는 듯 곧 아무것도 남지 않았다.

하나의 죽음이 칼끝에 맺혔을 뿐이다.

의미 없는 달밤, 적어도 만월(滿月)은 그렇게 생각했을지도 모른다.

8.
천마공(天魔公)

동이 터 오고 있었다. 정확히는 비구름에 물든 음울한 태양이 산 저편에서 서서히 몸을 일으키고 있었다.

쏴아아.

서서히 빗줄기는 강해지고 있었다. 세 사람의 인영은 혼돈으로 물들여진 수도, 낙양을 위에서 내려다보고 있었다. 신룡전에서 나타난 고수, 형산백응 회천(回天)은 짧게 한숨을 쉬었다.

"흠, 끼어들기엔 약간 늦어 버렸군."

그들은 황제 암살을 위해서 흑황령을 죽이자마자 밤낮 없이 달려서 낙양까지 왔다. 하지만 도착했을 때는 이미 태천맹이 불바다가 되고 소광검마 태오를 찾는 무림인들이 홍수처럼 쏟아지고 있었다. 그들이 아무리 고수라고 해도 이 상황에서 섣불리 행동하다가는 모두 뒤집어쓰기 십상이었기에 가만히 상황을 지켜보기로 한 것이다.

뇌력의 도끼를 사용하는, 망남이라는 청년이 팔짱을 끼고 말했다.

"태천맹이 당했다라……. 태오의 짓이라 생각하시오?"

"전 그렇게 생각 안 해요."

여자 고수, 청법아는 낙양 입구에서 사 온 당과를 한 입 베어 물었다. 그녀는 가장 논리적인 사고를 가지고 있는 사람이었다.

"태천맹 건물 두 개를 폭파할 정도의 화약을 그런 꼬마가 보유할 수는 없어요. 동창이나 금의위가 아니면."

"그들이 했을까?"

"팔 할 정도는 그럴걸요."

세 사람은 침묵했다. 그들은 이면에 숨겨진 무림의 실체를 가장 잘 알고 있는 사람들이라서 이번 태천맹 습격의 전모를 어느 정도 파악할 수 있었다. 그와 동시에 여기까지도 삼대수호령의 입김이 미쳐 있는 걸 보니 답답해졌다.

"황제의 목을 치는 건 오늘이오."

망남이 말을 꺼내자 두 사람의 시선이 망남에게로 몰렸다. 평소에 과묵한 망남이 직접 대화의 물꼬를 트는 건 드문 일이었다.

"더 늦어지면 무황령 직속의 십대고수가 개입하게 되오. 둔저 대협의 무공을 대성하지 못하면, 그들을 당해 낼 자신은 없소."

"흑황령의 죽음도 알려질 테고 말이지."

망남이 고개를 끄덕였다.

"마침 금의위와 동창이 태천맹에 공작을 부린다고 외부에 신경이 쏠린 지금은 천하에 다시없을 기회요. 당장 가서 칩시다."

"그렇군."

회천공은 그 말에 동의했다. 확실히 수십 년 동안 이런 기회는 한 번도 없었을 것이다. 흑황령은 사망하고, 백황령은 어딘가로 사라졌고, 금의위와 동창의 호위력이 약해지다니! 그렇다고 해도 황궁 내에는 호위고수들이 백 명도 넘게 배치되어 있겠지만, 세 사람의 무공이면 충분히 돌파할 수 있는 수준이었다.

청법아가 잠시 주변을 둘러보았다.

"그러고 보니 소광검마 태오라는 아이는 어디 갔나요?"

"아마 지금쯤 낙양 성문을 나서고 있을 거요. 아까 우리 곁을 스쳐 갔으니까."

청법아의 시선이 회천공에게로 향했다. 형산백응 회천은 그의 도를 뽑지도 않은 채 어깨를 으쓱했다.

"알고는 있었지만 그냥 놔뒀소. 어떤 의미로 은인(恩人)이니까."

"잘못 판단하신 거 아닌가요? 그가 어떤 비밀을 쥐고 있을지 모르는데……."

태천맹 습격의 실행범 태오는 분명히 이 혼돈의 낙양에서 가장 특이한 존재였다. 청법아는 속상해하는 기색이었다. 회천이 뭐라고 대답하려고 할 때, 망남이 단호하게 말했다.

"지금 중요한 건 황제를 베는 것이오. 태오가 쥐고 있는 비밀이 아무리 대단하다고 해도 우리의 제일 목표보다 중요하진 않소. 미련을 버리는 편이 좋소."

"……그러죠."

쿠구구구.

그때였다. 세 사람은 갑자기 섬뜩한 기분이 들어서 삼재진을 펼쳤다. 단순히 천지인의 세 방위를 점한 것뿐이지만 갑자기 육합진(六合陳)의 기세로 여섯 가지의 기운이 뻗쳐 나왔다. 세 사람이 익힌 무공의 특징이 제각기 달라서 일어나는 현상이었는데, 이 때문에 세 사람의 합공을 받는 자는 완전히 다른 세 가지의 무공이 혼합되어 날아오는 느낌에 정신을 차리지 못했다.

'뭐지?'

셋 중에서 가장 무공이 뛰어난 절세도객, 형산백응 회천이 눈살을 찌푸렸다. 찰나지간에 세 사람이 본능적으로 진법을 갖춘 이유는 그만한 위협을 느꼈기 때문이다. 하나하나가 천지를 뒤엎을 수준의 무공을 지니고 있는데 이런 경계심을 가질 일은 그리 많지 않았다.

그리고 육합전성보다 한 단계 위에 있는 위신일성(爲神一聲)이 세 사람의 영혼을 쩌렁쩌렁 울렸다.

[간만이군! 그간 잘 지냈나?]

"……크윽!!"

세 사람은 몸을 떨었지만, 간신히 정신을 잃지 않고 버텼다. 위신일성은 단순히 전음의 영역에 있는 게 아니라, 상대방의 상단전을 자극해서 혼령이나 심령마저도 뒤흔들 수 있는 천하의 절학이었다. 음공의 최고 경지에 이른 달인이나 사용할 수 있는 수법이라서 그들은 경악을 금치 못했다.

슈욱.

세 사람이 서 있는 높은 전각의 옥상 맞은편에 한 명의 문사가 나타났다. 약간 더러워지고 꾀죄죄한 복장이었지만 그가 품고 있는 특유의 기상과 품위는 사라지지 않은 상태였다. 상대방의 정체를 확인한 회천이 침음성을 흘렸다.

"음…… 남룡제(南龍帝)."

남룡제는 옷을 갈아입을 여유도 없던 듯 옷에 핏자국이 남아 있었다. 아마도 흑황령의 수황오절에 당해서 입은 내상을 치유하는 과정에서 생긴 일일 것이다. 안색도 전에 봤을 때보다 훨씬 초췌해져 있었다.

게다가 오는 길에 구성천 전승자 중에서 최강에 가까운 자를 운 없게 만나서 격전을 치르고 왔다. 그것도 쓰러뜨리지도 못하고 운 좋게 패퇴시켰을 뿐이다. 지금 남룡제의 실력은 전성기의 사 할에 지나지 않았다.

'역시 온 건가.'

구성천 전승자의 칠령사(七靈絲)에 당한 부상이 쑤셔 왔다. 남룡제가 세 사람을 바라보았다.

"그대들은 나 스스로 그대들 앞에 모습을 드러낼 거라고 생각진 않았을 것이네."

"그렇소."

망남이 고개를 끄덕이며 부언했다.

"지금의 당신 몸 상태로는 우리 셋의 합공을 이겨 낼 수 없소."

단호한 말이었지만 남룡제는 속으로 긍정했다. 전성기 때라면 몰라도, 무황령에게 내상을 입고 흑황령의 수황오절에 피폐해진 상태로는 꽤 힘들 터였다. 자신을 경계하는 눈으로 바라보는 세 사람에게 남룡제가 말했다.

"우리들의 목적이 비슷한 것 같더군."

"무슨 말이오?"

"그대들을 돕고 싶다는 말일세."

"……."

회천은 대답하지 않고 옆에 있던 망남이 말했다.

"우리가 뭘 원한다고 생각하시오?"

"시치미 떼지 말게. 백마사에서 흑황령을 묻는 걸 내 눈으로 보았다네."

"음……."

"나는 자네들을 따라서 낙양으로 오면서 곰곰이 생각해 봤지. 자네들이 흑황령을 죽인 이유와 황제를 암살하려는 이유를 말이야. 그리고 많은 걸 짐작할 수 있었지."

쏴아아아ー

비는 계속 내리고 있었다. 비에 소리가 묻혔지만 이미 초절정의 반열을 넘어선 고수들은 공간을 격해서 소리를 전달하는 법을 잘 알고 있었다. 더욱이 기막(氣幕)을 펼쳐서 비를 막고 있으니 거의 젖지도 않았다.

"그리고 내 추측대로라면, 지금 자네들만 황궁으로 들어가는 건 자살행위야. 처음부터 끝까지 토사구팽당해서 버려질 뿐이라네."

"어떤 추측을 했는지 궁금하군. 무적(無敵)의 쌍룡제(雙龍帝)로 이름 높았던 분의 고견을 들려주시지 않겠소?"

"별거 아닐세. 시간이 없으니 빨리 말하도록 하지."

남룡제는 슥, 황궁을 가리켰다. 이 위치에서 황궁은 겨우 일백여 장 거리라서, 그들 정도의 고수라면 순식간에 뛰쳐 들어갈 수 있었다. 호우 속의 황궁에는 마치 사람이 없는 것처럼 느껴졌다.

"태천맹의 소란에도 불구하고, 황궁의 경비는 전혀 약해지지 않았을 걸세. 자네들이 흑황령을 죽였다지만 그건 의뢰자가 예상치 못한 일일 뿐이고, 여전히 황궁은 쥐새끼 하나 숨어들 수 없는 철옹성. 내 생각이지만, 무황령 직속 십대고수도 이미 대기해 있을 거라네."

"뭐라고?"

망남이 깜짝 놀라 외쳤다. 이런 대화에서 감정을 드러내는 건 금물이지만, 남룡제가 한 말이 너무 예상외였기 때문이다. 마치 지금까지 그들에게 있던 일을 모두 추측한 것처럼 정확하기도 했다.

남룡제가 싸늘한 눈으로 세 사람을 바라보았다.

"자네들은 너무 자네들 좋을 대로 생각했어."

"음."

회천이 뭔가 반박하려고 했지만 남룡제가 거칠게 말을 이었다. 지금은 오랫동안 말을 할 시간이 없었다.

"이상하다고 생각하지 않았나? 지금까지 병적으로 신룡전에 대해서 숨겨 온 무황령이 아무리 날 잡기 위해서라지만 흑황령에게 자네들 셋을 내주는 걸 허락했네. 자네들이 도주하려고 들면 천하에서 잡을 사람이 거의 없다는 걸 아는 데도 말이지."

"……."

"알기 쉽게 얘기해 주지. 자네들에게 황제 암살을 의뢰한 건 황제 자신이야! 자네들 스스로의 의지가 아냐. 이번 사건은 모조리 계획된 일일세."

"그럴 리가 없소!"

회천과 청법아가 말을 하지 못하고 생각에 잠겨 있는 동안 망남이 거칠에 반박했다. 평소에 냉정하던 망남답지 않게 흥분한 상태였다. 둔저 대협의 원수를 갚으려고 여기까지 왔는데 자신의 행동이 모두 적에게 예측되었다는 걸 인정할 수 없었다.

"신룡전의 뇌옥에는 비밀 조직인 예(裔)가 존재하오.

이번에 흑황령을 도우려고 뽑혀 나오면서 예에서는 철두 철미하게 계획했소. 점조직으로 되어 있어서 서로의 존재를 거의 알지 못하는 상황인데, 어떻게 금의위나 무황령이 우리 계획을 파악한단 말이오?"

"……."

"백마사 일도 그렇소. 그들이 정말 우리 행동을 예측했다면 흑황령과 우리만 있도록 놔두진 않았을 것이오."

"그게 바로 자네들 좋을 대로 생각한다는 걸세."

남룡제가 살짝 한숨을 쉬었다. 그리고 마음이 복잡해졌다. 못 본 사이에 자신의 대적(大敵)인 무황령의 능력이 더더욱 출중해졌다는 사실을 실감했기 때문이다.

"반대로 생각해 본 적은 없나? 누군가가 그대들의 목적과 행동을 조작하고 있다면, 처음부터 흑황령을 자네들이 죽여 주길 바랐다는 생각을."

"……!!"

생각지도 못했던 발상이라서 망남이 멈칫했다.

"또 하나. 예(刈)의 수장(首將)이라든가? 황제 암살을 하라고 명령한 자의 정체를 그대들끼리 확인해 본 적 있나? 내 생각이지만 그대들 셋 중 누구도 그 정체를 모를 걸세."

세 사람은 침묵했다. 남룡제의 말이 너무나 정곡을 찌

르고 있었기 때문이다. 철저한 비밀 점조직이라는 속성을 생각하고 굳이 확인하지도 않으려고 했던 것이다. 물론 몇 번 이야기를 하면서 맞춰 보긴 했지만, 그러려니 하고 생각하는 편이었다. 어디에 배신자가 있을지 모르니까.

"그렇다면, 만일에 예라는 점조직을 무황령이 이미 장악하고 명령을 내리고 있었다면…… 황제를 수호하는 무황령이 일부러 황제 암살을 명령한 이유가 뭐란 말이오?"

억지에 추측만 남발하는 가정이었다. 근거 따위는 하나도 없다. 네 사람 모두가 그걸 인식하고 있었지만, 묘할 정도로 남룡제의 말에 빨려 들어가는 듯한 기분이 들었다. 그것은 기묘할 정도로 잘 풀려 가는 현실에 일말의 불안감을 느꼈기 때문이리라.

"두 가지 경우의 수가 있네."

"말해 주시오."

"첫째는 태천맹에 큰 타격을 줌과 동시에 수도에 찾아올 혼란을 황제 암살범 체포를 통해서 온전히 마무리하려는 것이겠지. 눈엣가시 같은 무림의 거대 세력인 태천맹을 견제하고 치안까지 공고해지는 일석이조의 계책일세. 정말로 무황령과 십대고수가 모여 있다면 아무리 자네들이라도 죽음을 피할 수 없을 테고 말이야."

"……."

남룡제는 잠시 뜸을 들이다가 말했다.

"둘째는…… 자네들에게 정말로 황제 암살을 시키려는 경우일세."

"뭐라고? 무황령은 황궁 삼대수호령이오. 백황령이 직접 호위를 담당한다지만 무황령이 그럴 리가 없소."

"그래서는 안 돼."

남룡제가 애타는 목소리로 말했다. 그는 검성의 손자로서 평생 동안 정의를 실천하기 위해 불철주야 노력해 왔다. 그 과정에서 수많은 악(惡)을 상대했고, 경험과 지혜를 쌓았다. 눈앞의 세 사람은 뛰어난 무공을 지니고 있으나 아직까지 심계와 모략에 경험이 적다는 게 아쉽게 느껴졌다.

"잘못된 확신이 가장 위험해! 무황령도 인간이다. '안 하는 것'과 '못하는 것'을 구분해 두지 않으면 그 괴물의 생각을 전혀 짐작해 낼 수가 없다."

회천공이 고개를 절레절레 저었다. 그도 나름대로 두뇌가 뛰어난 편이었지만 남룡제와 무황령의 두뇌 싸움을 생각하니 골치가 아팠다.

"너무 어처구니가 없잖소. 거기까지 가면 우리가 무슨 생각을 하든 아무 행동도 할 수 없소."

"그렇겠지. 하지만 그래서 나는 그대들에게 제안하는 것일세."

불안과 불신, 그리고 미묘한 공포를 안고 있는 세 사람에게 남룡제가 쐐기를 박았다. 남룡제 본인으로서도 상황을 미루어 짐작할 수 있었지만, 도박을 하지 않으면 앞으로 나아갈 수 없었다.

"나는 이 상황에서 자네들이 그대로 낙양에서 도망치는 게 최상이라고 생각하고 있네. 하지만 자네들은 신룡전 뇌옥의 동료들에 대한 의리 때문에 그러지 못하겠지. 황궁 침입을 선택할 수밖에 없다면, 내가 도와주겠다."

"당신에게는 그게 최선이기 때문이겠구려."

"맞네. 서로를 이용해 봅세."

빗줄기는 갈수록 거세지고 있었다. 오늘은 하루 종일 비가 내리려는 듯, 장대비가 끝도 없이 쏟아졌다.

쏴아아아—

기묘한 정적 속에서 세 사람은 서로를 쳐다보면서 전음을 나누었다. 무언가 얘기하면서 의견을 조율하는 과정을 거친 후, 나이가 제일 많은 회천이 앞으로 나와서 말했다.

"같이 갑시다."

콰앙!

천둥이 내리치는 듯했다. 남룡제와 세 고수가 황궁에 잔영술로 잠입해서 두 번째 담장을 넘는 순간, 마치 하늘이 미친 것처럼 울리더니 번개가 떨어졌다. 기를 감지해서 떨어지는 지점을 포착해서 피한 망남이 중얼거렸다.

"오행기관(五行機關)이군. 황궁에 천재 풍수사(風水士)가 있다더니, 이런 기관을 많이 만들어 둔 건가?"

남룡제가 날카롭게 경고했다.

"조심하게. 뇌전은 몰라도 환염(幻炎)과 혈수(血手)는 호신강기가 아니면 막을 수 없네."

선천술(先天術)의 달인(達人)만이 제작할 수 있다는 오행기관은 진법 중에서도 최고의 경지였다. 남룡제는 물론이고 회천, 망남, 청법아, 모두가 천하를 오시할 만한 고수인데도 오행기관에 빠지면 죽을 확률이 매우 높았다.

퓨퓨퓻.

청법아가 수백 개나 되는 강전을 여유롭게 천상소녀신법(天上少女身法)으로 피해 내며 말했다. 그녀 또한 구성천에 속하는 무공을 익혀서 가공할 무공을 보유하고 있었다.

"풍수사는 래지안(萊祉安)이라고 하는 서역인과의 혼

혈이라더군요. 뇌옥에서도 이야기를 많이 들었어요."

"래지안이 뇌옥의 천년법륜진(千年法輪陣)을 혼자 만들었다는 건 거짓말이야. 인간의 능력으로는 불가능해."

"잡담할 때가 아닐세! 이 오행기관은 오행에 육합(六合)을 종(從)으로 섞어서 매우 까다로워. 일각 후에 생문(生門)을 빠져나가지 못하면 모두 죽네."

쿠구구구!

놀라운 일이었다. 황궁의 넓이는 반경 십여 리를 넘지 않는데, 그들은 마치 수십 리를 헤매는 것처럼 무한한 함정과 마주쳐야 했다. 지금도 난데없이 홍수처럼 혈수(血水)가 몰려드는 광경은 차라리 비현실적일 정도였다.

진법에 박식하고 오행기관을 많이 겪어 보았던 남룡제는 생각보다는 쉽게 생문을 찾을 수 있었다. 자신의 딸인 예화라면 바로 찾아내었을 테지만, 남룡제로서는 두세 번의 시행착오를 거쳐야 했다.

생문을 뚫자 마치 지옥 같던 오행기관의 자연력 공세가 멈췄다. 그리고 다시금 비가 고즈넉하게 내리는 황궁 내부로 돌아와 있었다. 남룡제는 머리를 너무 많이 써서 식은땀마저 흐르는 걸 느끼며 말했다.

"미리 말해 두지만 무황령을 마주치면 그냥 도주하게. 만에 하나라도 동귀어진(同歸御盡)조차도 불가능한 상대다."

"그건 잘 알고 있소."

회천은 복잡한 표정을 지었다. 셋이서 합공해서 이길 수 있다지만, 남룡제의 진실된 무공은 경이적일 정도였다. 단신으로 구파일방을 쓸어버릴 수도 있을 정도였다. 그런 남룡제도 무황령만큼은 어찌할 도리가 없었다.

아니, 당연한 일일지도 모른다. 무황령의 신위를 몇 번 본 적이 있었는데, 그건 도저히 인간의 무공도, 선인 급의 무공도 아니었다. 그 모든 것을 초월한 경지에 존재하는 듯했다. 남룡제가 따로 경고를 주지 않아도 무황령은 싸울 만한 상대가 아니라는 걸 절실히 이해하고 있었다.

그때였다.

"의외군요. 손을 잡을 줄은 몰랐는데."

홍옥 같은 눈동자가 어둠 저편에서 빛나고 있었다. 눈동자의 주인의 모습은 어둠에 가려서 자세히 보이지 않았지만, 여린 체형에 상당히 키가 작은 편이었다. 성인이라면 소인(小人)이 틀림없다고 생각할 정도였다.

문제는 목소리의 주인이 지닌 가공할 힘이었다. 전음이나 육합전성도 아니고, 그저 목소리를 냈을 뿐인데도 좌중에 있던 네 명의 초고수는 살짝 어깨가 짓눌리는 걸 느꼈다. 남룡제조차도 움찔하면서 살짝 물러났을 정도이니,

상대가 지니고 있는 잠재력은 측정하기가 힘들었다.

남룡제는 눈을 가늘게 뜨고 있다가 상대방의 정체를 확인하자 한숨을 쉬었다.

"후우, 처음부터 내게는 기회가 없던 거군. 역시 그때가 마지막 기회였던 거였어."

"천하의 남룡제가 쉽게 단념할 셈입니까?"

"아닐세. 그저 내게는 평생 운이 따르지 않는다고 생각했을 뿐이네."

홍옥의 눈동자를 지닌 자는 대답하지 않았다. 그러고는 남룡제 외의 셋을 훑어보더니 위압감 섞인 목소리로 말했다.

"당신들에게는 새로운 역할이 주어졌습니다. 앞으로 나아가시죠."

"……."

신룡전 참가자이자 황제를 암살하러 온 세 사람의 초고수는 움직이지 않았다. 적의 말을 섣불리 믿을 만한 상황이 아닌데다가, 눈앞에 나타난 인물이 너무 예상외였기 때문이다. 남룡제의 우려가 이제야 이해가 되었다.

형산백응 회천이 침음성을 흘렸다.

"으음……. 무슨 속셈이오, 천마공(天魔公)?"

저벅.

천마공이라고 불린 어둠 속의 존재가 앞으로 한 발을 내밀었다. 그러자 비 내리는 황궁의 희미한 조경 사이로 얇은 옷을 입은 아름다운 미인이 모습을 드러냈다. 홍옥과도 같은 눈동자, 티 없이 맑은 피부, 마치 천녀가 직접 누빈 듯한 이목구비, 그 와중에 전신을 감도는 알 수 없는 서기(瑞氣).

언뜻 보기에는 남자인지 여자인지도 거의 구분이 가지 않았다. 성년이 되기 전의 나이대로 보였고, 한없는 싱그러움을 간직하고 있었다. 하지만 이 자리에 모여 있는 네 명의 초고수는 결코 보이는 그대로가 진실이 아니라는 사실을 알고 있었다.

천마공!

황제에게서 직접 공(公)의 직위를 하사받았으며 명예 낙양성주 직을 맡고 있는 자. 역사상 극소수만이 실현 가능했다는 환골탈태(換骨脫態)를 이룩했지만, 정작 이룬 본인의 나이는 알려지지 않았다. 황궁에 언제나 기거하지만 누구도 그가 어디서 뭘 하다가 왔는지 몰랐다. 이따금 신룡전을 참관하며 모습을 보이는 일이 있었기 때문에 신룡전 참가자들은 그가 무황령(無皇靈)일 거라고 짐작만 하고 있었다.

천마공이 입을 열었다.

"말 그대로입니다. 나는 그대 셋은 막지 않을 테니, 폐하를 뵙고 싶으면 마음대로 하십시오."

"흥, 후회하지 마시오."

망남이 코웃음을 치며 천마공 뒤편으로 날아갔다. 그와 동시에 회천과 청법아도 따라갔으니, 만일 천마공이 기습을 가할 경우 그대로 합공을 하겠다는 속셈이었다. 그러나 망남이 바로 일 장 근처를 지나는데도 천마공은 손끝 하나 움직이지 않고 가만히 있었다. 망남은 그를 곁눈질하며 생각했다.

'무슨 생각이지? 백황령이 있다고 해도 우리가 합공하면 황제를 호위하지 못한다. 죽게 내버려 둘 셈인가······.'

파앗!

"움직이지 마십시오."

세 사람의 신형이 황제가 기거하는 천궁(天宮) 내부로 사라지자 천마공은 곧장 손을 들어서 남룡제를 가로막았다. 두 사람의 거리는 꽤 있었지만 남룡제는 천마공이 손을 드는 순간, 거센 압박이 몰아쳐 옴을 느꼈다.

남룡제는 천마공을 노려보았다.

"사람을 어디까지 이용해 먹을 생각인지 모르겠군, 그대 가문은."

"설마 검성가(劒聖家)만 하겠습니까?"

천마공은 뒷짐을 진 채 비가 쏟아지는 하늘을 바라보았다. 두 절대고수는 기막을 둘러서 쏟아지는 비로부터 몸을 보호하고 있었다. 무형의 물줄기가 수없이 내리는 가운데에서 천마공의 시선이 하늘의 정점을 향했다.

"남룡제여, 근 백여 년 동안 무림의 흐름은 검성가가 의도한 것입니다. 진실이 무림에 알려지면 검성의 체면은 땅바닥에 곤두박질치겠죠. 인정하십니까?"

"……."

"저희 가문은 호적수의 예로 무림에 그 사실을 감췄죠. 우리에게 이득이기 때문이긴 했으나, 역사적으로 볼 때 초대 검성은 미치광이였습니다."

"그런 면이 있는 것도 사실이다."

남룡제가 천마공의 말을 긍정하며 고개를 끄덕였다.

"하지만 대의(大義)를 믿기 때문에 나는 조부의 뜻을 잇기로 했다. 타인이 뭐라고 하든 간에 내 신념은 변하지 않아!"

"훗, 역시 생각대로군요."

잠시 침묵하던 천마공이 씁쓸하게 웃었다.

"검성의 일족과 타협은 있을 수 없겠군요……. 함께 발맞추면 천하가 두렵지 않을 것을."

남룡제는 천마공의 말에 크게 반응하지 않았다. 천하제

패나 군림천하의 꿈 따위는 젊은 시절에 접어 버린 지 오래였기 때문이다.

"무황령이 나오지 않은 걸 보니, 역시 그는 혼자 힘으로 천지간의 용맥(龍脈)을 개방하고 있는 모양이군."

"아버님이 하시는 일은 저도 잘 모릅니다. 알고 싶으시면 일단 저부터 쓰러뜨리십시오."

"후후."

남룡제는 낭랑한 웃음을 터뜨렸다. 그러고는 거세게 외치며 선제공격을 가했다.

"살살 해 주게, 검성전 우승자!"

꽈광!

마치 화포가 격돌한 듯한 소리가 울려 퍼졌다. 남룡제와 천마공이 가볍게 일 장을 부딪힌 것뿐인데, 반경 수백 장이 마치 종이 조각처럼 구겨지더니 공간째로 일그러졌다. 래지안이 펼친 오행기관의 힘이 공간을 왜곡시키고 있는 상황이 아니었다면 황궁이 통째로 날아갔을지도 모를 일이었다.

남룡제는 연이어 삼 초를 부딪히면서 생각했다. 검성지륜 만승천검결에서 발전시킨 움직임은 수만 개의 변화와 대응술을 지니고 있었지만, 상대의 움직임 또한 그에 못지않았다.

'내가 진다.'

어이없는 일이지만, 절대고수의 직감은 확실히 그렇게 말하고 있었다. 한때 한 수 아래였던 무황령, 그 무황령도 아닌 그자의 아들에게까지 무공이 밀리다니. 자신의 몸이 정상이었다고 해도 눈앞의 천마공은 자신보다 반수 정도 앞서 있는 경지에 도달해 있었다.

지잉.

"무상천마(無常天魔)."

천마공의 손가락이 가볍게 허공을 일자로 그었다. 남룡제는 위험을 느끼고 허공에서 열여덟 번이나 신형을 튕겼지만, 아슬아슬하게 공격을 피해 내는 순간 등 뒤에서 어마어마한 폭발이 일어났다.

'지형이?!'

후두둑, 하는 소리가 들렸다. 남룡제는 힐끗 뒤를 보고는 아연해했다. 천마공이 살짝 그은 여파가 오행기관의 폐쇄 공간을 뚫고 날아가서, 황궁에서 수백여 장이나 떨어져 있는 야산을 반쯤 붕괴시켜 버렸기 때문이다.

말 그대로 천재지변이었다.

"이런 제길! 역시 천마의 절학답군!"

"그래 봐야 구성천 서열 이위에 불과하죠."

퍼퍼퍼펑!

천마공은 여유로운 기색으로 주먹을 꾹, 말아 쥐었다. 그 순간, 무형검(無形劍)이 백오십육만 개나 생겨나더니 초음속으로 천지 사방을 종횡했다. 이미 인간의 경지는 아니었으나 남룡제 또한 초인의 경지에 오른 인물이라 천 랑박(天狼博)의 보법으로 도리어 팔괘의 방위를 점하며 피했다.

"퍽이나!"

남룡제는 속으로 초조해졌다. 마치 내공이 무한인 듯했 다. 천마공은 마치 혼자서 백만 대군이라도 학살할 것처 럼 무심하게 강기와 어검술, 무형검을 계속해서 퍼부었다. 오행기관으로 만들어진 폐쇄 공간의 방어력에 맞춰서 적 당히 남룡제와 상대해 주는 듯했다.

남룡제는 끊임없이 막고 피해 내면서도 점차 천마공의 움직임이 눈에 보이는 듯했다. 만승천검결을 통해서 인간 이 얻을 수 있는 무한한 잠재력이 개방되면, 그 순간 신위 (神位)에 도달하게 된다.

그의 눈에는 보였다. 수억, 수십억 개나 되는 무술의 흐름 중에서, 천마공이 미처 생각하지 못했던 약점이 정확 하게 손에 잡혔다. 남룡제는 허공에서 몇 번 점멸하더니 어느새 천마공의 눈앞에 도달해 있었다.

"아니?!"

"하!"

천상역린단(天上逆鱗斷).

천마공이 허공에서 깜짝 놀라서 멈춰 섰지만, 남룡제의
좌수가 주욱 뻗어서 천마공의 갈비뼈를 때렸다. 빠직하는
소리와 함께 천마공의 뼈가 몇 대 나갔지만, 끝내 길게 모
은 관수(貫手)는 천마공의 몸을 관통하지 못했다.

'이, 이런!'

남룡제는 자신의 패배를 깨닫고 입술을 질끈 깨물었다.
설마 만승천검결의 힘을 십성으로 모았는데도 맨몸을 관
통하지 못하다니! 이미 천마공이 마황지체(魔皇之體)를
이루었다는 뜻이었다.

퍼퍼펑!

"컥!"

회심의 일격이 실패하는 순간, 천마공의 공격은 그대로
남룡제를 전투 불능으로 만들었다. 전신에 호신강기를 모
으는 정도로는 천마공의 반격을 막을 수가 없었다. 전신
이 피투성이가 되어 버린 남룡제의 목을 잡은 천마공이
중얼거렸다.

"역시 아버님을 애먹일 만하군요. 설마 무상천마 백팔

마황윤회(百八魔皇輪回)를 파고들 수 있다고는 생각지도
못했습니다."

허공에서 핏방울이 점점이 떨어졌다.

남룡제는 이미 기절해서 추욱 늘어져 있었다. 필사의
정신력이 통하는 상대조차 아니었다. 구성천 무공 중에서
서열 이위에 존재한다지만, 고대부터 존재하는 상고마맥
(上古魔脈)의 제왕이다. 원래는 전 중원을 호령하며 마도
의 패자로 군림해야 마땅하지만, 다른 구성천 무공의 등
장과 검성의 활약으로 멈춰 있었을 뿐이다.

천마공의 눈빛에 갈등이 섞였다. 죽일지 말지를 심각
하게 고민하는 듯했다. 그는 이윽고 한숨을 쉬면서 말했
다.

"말년에 쓸쓸하신 분의 말상대나 해 주시면 되겠군요."

"도련님!"

파아앗!

천마공의 말이 끝나는 순간, 어디 있었냐는 듯이 십여
명의 인영(人影)이 그 자리에 나타났다. 그들의 무황령의
직속에서 가문의 의지만을 받드는 십대고수(十代高手)였
다. 남룡제 또한 십대고수가 있는 한 이 자리를 벗어나는
건 거의 불가능하다고 여기고 천마공을 쓰러뜨리는 길을
선택해야만 했다.

십대고수의 필두인 일영(一影)이 말했다.

"남룡제는 너무 위험합니다. 당장 죽여야 합니다!"

"……."

"그의 무공이 도련님이나 주군에 미치지 못해도, 그가 지닌 검성의 비밀과 심계(心計)는 너무나 큰 위협입니다! 숨을 끊지 않으면 언제고 화가 될 것입니다."

천마공은 자신을 쳐다보는 십대고수의 이목을 느꼈다. 그들은 하나같이 간절하게 남룡제를 죽이기를 원했다. 십대고수는 원래부터 남룡제와 충돌하며 간신히 살아남았으며, 그 와중에 남룡제가 얼마나 무서운 인물인지 알고 있는 자들이었다. 그런 그들에게 남룡제를 살려 둔 채 유폐시킨다는 건 있을 수도 없는 일이었다.

천마공이 싸늘하게 웃었다.

"여기서 남룡제를 죽이면 검성의 혈맥이 위태로워지겠죠. 딸이 하나 있다고 들었으나, 여자가 검성지륜의 힘을 얼마나 얻을 수 있을지는 미지수고. 아버님께는 적지 않게 도움이 될 겁니다."

"그렇습니다!"

"하지만 지금 그런 건 중요하지 않아요."

"네?"

십대고수들이 어이없다는 눈으로 천마공을 바라보았다.

천마공은 대답하는 대신에 손을 휘둘러 오행기관을 해제했다. 폐쇄 공간이 사라지자 여기저기에 동창과 금의위 요원들이나 시비 따위가 잠복해 있는 현실 공간이 생겨났다.

쏴아아—

여기도 비가 내리고 있었다. 천마공은 황궁 너머, 희뿌연 태양이 떠오르는 하늘을 바라보며 중얼거렸다.

"환룡(幻龍)의 계획…… 그 열쇠가 되는 태오를 잡아야 합니다. 남룡제는 그때까지 좋은 미끼가 되겠지요."

*   *   *

한편, 회천과 망남, 청법아는 천궁(天宮)의 심처(深處)로 향하고 있었다. 천궁 또한 오행기관의 영향 아래에 있는 상황이라서 금의위나 동창 요원보다는 오행기관의 함정이 계속해서 출현했다.

까강!

회천은 도강을 내뿜어서 거대한 벽을 잘라 버리려 했지만, 반탄력에 튕겨 나오자 황당한 표정을 지었다. 강기는 천지 아래 가장 강력한 기운 중 하나인데, 일개 사물이 튕겨 낼 수 있다니? 하지만 망남의 외침에 정신이 번쩍 들었다.

"여기가 천궁의 마지막 층이오! 다음 층에 황제가 있으니 당연히 음양옥(陰陽玉)으로 막혀 있을 거요, 회 형!"

"그렇군! 그럼 저 문만 뚫으면……."

세 사람의 시선이 삼 장 앞에 있는 거대한 무지갯빛 문을 노려보았다. 인간의 침입을 허락하지 않을 것 같이 견고하고 거대한 문은 고고하게 빛나고 있었다. 청법아가 비명을 지르듯이 외쳤다.

"황제가 있어요!"

황제!

그 말에 세 사람의 심장이 뛰었다. 지금까지 신룡전에 서 있던 무수한 수난과 고난, 그리고 사명감이 떠올랐다. 당대의 황제를 쳐서 쓰러뜨리기만 하면 황제와 무황령의 계획은 수포로 돌아갈 것이라는 생각이 들었다.

세 사람이 재차 삼재진의 방위에 서서 기를 모았다. 그들 하나하나가 천룡육신군을 훨씬 뛰어넘는 엄청난 고수들이었으므로 기가 집중되자 마치 대기가 녹는 듯한 현상이 일어났다. 이윽고 순백색의 기 덩어리가 마치 대포처럼 음양옥문으로 쏘아져 나갔다.

콰과과광!

형산도법과 둔저제천, 천상소녀신공의 힘이 합쳐지자 개세적인 위력이 나왔다. 일 장 두께의 음양옥문조차도 당해 낼 수가 없어서, 잠시 부르르 떨리다가는 쾅! 하는 소리와 함께 거칠게 문이 열렸다.

세 사람은 누가 먼저랄 것도 없이 문 안으로 뛰어 들어 갔다. 그리고 안에 누가 있든 간에 단번에 공격해서 끝장을 내 버릴 생각으로 반쯤 격정적인 상태가 되었다. 운명의 종착지라고 할 수도 있는 순간이었다.

"아, 저건……."

"……."

청법아가 중얼거리는 말에 다들 움직임이 멈추었다. 청법아가 바라보는 휘황찬란한 황제의 침실, 그 내부 풍경에는 믿을 수 없는 조형물이 하나 있었다.

매달려 있었다.

이미 매달린 지 오랜 시간이 지난 듯, 그 시체에는 온기가 거의 남아 있지 않았다. 그리 준수하진 않지만 근엄하던 얼굴은 추하게 일그러져 있었다. 천장에서 약간 아래에 매달린 밧줄을 쳐다보던 회천이 말했다.

"황제가 죽었군."

그랬다.

밧줄에 목이 대롱대롱 매달려 있는 시체의 이름은 제국 제육대 황제인 건양제(建養帝)였다. 건양제의 주변에는 그를 돌보던 여성 시비와 환관들의 시체도 널려 있어서 한차례 참극이 일어났다는 사실을 알 수 있었다.

망남의 얼굴은 크게 변한 기색이 없었다. 그는 천천히 걸어가서 시체를 살핀 다음 주변을 둘러보다가 말했다.

"황녀가 없소."

"화영(華英) 공주? 시체 중에 못 찾은 건 아닌가?"

"그녀 정도의 미녀는 없군."

망남의 짧은 말에 청법아가 동의하는 표정을 지었다. 화영 공주는 제국 최고의 미녀로 이름 높았으며, 현 시대의 삼대가인(三大佳人) 중 하나였다. 이상하게도 이 참극을 연출한 장본인은 화영 공주를 죽이지 않은 듯했다.

'납치당한 걸까?'

여기가 황제의 침실이라고는 하지만 천궁은 황족의 쉼터다. 거처와 통로가 통일되어 있으니, 지나오면서라도 봤어야 하는 것이다. 하지만 인간의 시체는 마지막 천궁의 방에만 몰려 있으니 이 또한 이상한 일이었다.

회천이 잠시 고민하다가 말했다.

"함정에 빠졌군. 우선은 여기를 탈출해서 조력자와 만나 봅세."

"그럽시다."

휘이익!

세 사람의 신형은 누가 먼저랄 것도 없이 그 자리에서

사라졌다. 그들이 빠져나올 때는 이상하게도 남룡제와 천마공의 모습은 전혀 보이지 않았다. 마치 그들이 서둘러 달아나 주기를 바라는 것처럼 깔끔하게 사라져 있었다.

9.
위신경(爲神經)

따그닥, 따그닥.

비 오는 오전부터 나는 귀식대법으로 기척을 감추고 오
로지 호흡에만 전념하고 있었다. 더러운 냄새가 스며들어
있는 대형 우마차(牛馬車)의 뒤편에 몰래 들어와서 짚단
사이에 몸을 숨긴 상태였다. 당장 몸을 피하기에 여기보
다 좋은 장소는 없었다.

원래부터 소를 너댓 마리씩 싣던 장소라서 사람 한두
명 숨어든다고 해도 마부는 눈치채지 못한다.

'제길, 습기 때문에 냄새가 엄청나군.'

나는 인상을 찡그렸다. 소똥은 모두 치운 상태고 소도

싣지 않았지만, 오늘은 하루 종일 비가 퍼붓는 날이다. 그래서 짚단에 배인 냄새가 후끈하고 강렬하게 달아올랐다. 억지로라도 코를 막지 않으면 버틸 수 없는 상황이다.

물론 나도 단순히 우마차에 숨는 걸로는 종적을 숨길 수 있다고 생각하지 않았다. 체력을 회복할 시간만 벌 수 있으면 족했다. 낙양 내성을 거의 나온 상태니까, 이대로 한 시진만 있으면 무난하게 체력을 회복할 수 있으리라.

"그런데……."

나는 힐끔 불청객을 바라보았다.

"댁은 뉘슈?"

커다란 우마차의 뒤쪽에 갑자기 휙, 뛰어서 올라탄 건 조그마한 사람이었다. 정확히는 체형이 가냘퍼서 여자라고 추측만 하고 있었다. 상대방은 얼굴을 기다란 면사포 같은 걸로 가리고 있어서 제대로 정체를 확인할 수 없었다.

상대방은 대답도 하지 않고 무릎 사이에 얼굴만 묻었다. 나는 정체를 추궁하고 싶었지만, 그 상태로 소리 죽여서 우는 것 같았다.

'뭐야? 왜 우는 거야?'

나는 기분이 찝찝해져서 별다른 말을 할 수가 없었다. 어차피 무공도 대단치 않은 사람 같아서 경계의 대상이

아닌 탓도 있었다. 게다가 이런 아침부터 우마차에 뛰어
들어서 우는 여자라니, 사연이 있을 게 빤하지 않은가.

정적이 한참 동안 감돌았다. 비는 계속해서 죽어라 내
리고 있었고, 나는 짚단을 쌓아서 최대한 몸이 젖는 걸 막
았다. 기를 소모하면 비에서 몸을 보호할 수도 있겠지만,
조금이라도 빨리 체력을 회복해야 하는 상황이었기 때문
이다.

부스럭.

내가 호흡에만 전념하며 몸을 뒤척일 때였다.

꼬르르르르륵.

꼬르르륵.

"……."

"……."

내 눈이 뚫어져라 의문의 불청객을 바라보았다. 의문의
불청객은 여전히 고개를 무릎에 파묻은 상태였지만, 왠지
얼굴이 빨개진 것 같았다. 아무래도 배가 고픈 것 같아서
나는 먹을 것을 줘야 한다는 생각이 들었다.

'아까 샀던 건채랑 육포나 줘야겠군.'

나중에 낙양 밖에 나가서 먹으려고 했던 거지만, 어쩔
수 없다. 눈앞의 상대는 너무나 약해 보여서 챙겨 주지 않
으면 안 될 것 같았다. 내가 품에서 건채와 육포를 꺼내서

건네자 불청객은 무릎을 꿇더니 주섬주섬 받아 챙겼다.

"고맙…… 습니다."

왠지 '고맙다'로 말하려 했던 건 내 착각일까? 상대는 비상식량을 받자마자 허겁지겁 먹어 치우는 듯했다. 나는 그제야 상대방이 면포로 가린 맨얼굴을 흘깃 볼 수 있었다.

땀과 눈물 때문에 꾀죄죄해 있지만, 대단한 미녀(美女)였다. 고수들은 체형과 걸음걸이만 봐도 남녀 구분은 되었기에 원래 여자란 건 알고 있었지만, 이목구비가 마치 잰 것처럼 좋은 조형을 하고 있었다.

잘 보니까 매고 있는 목걸이나 신발도 상당한 고급품이었다. 나는 눈앞의 수상쩍기 그지없는 미녀를 관찰하다가 불쑥 말을 꺼냈다.

"도망치는 거면 그 목걸이랑 신발, 조심하는 게 좋을 거요. 산적 떼나 사파무림인에게 털리기 딱 좋군."

"네? 아!"

그녀는 내 지적을 듣고 깜짝 놀라는 기색이었다. 그러고는 목걸이를 서둘러 떼어서 품속에 다시 숨겼다. 신발을 어찌할 도리가 없어서 난감해하는 기색이었지만, 어찌할 방법이 없어서 가만히 있었다.

가슴이 커서 우마차가 흔들릴 때마다 조금씩 출렁였다.

붕대라도 할 것이지, 저래 가지고는 남자인 척하기도 힘들 것이다.

'왜 저 정도 미녀가 사내 복장을 하고 있는 거야?'

하여튼 이 정도 했으면 우연히 만난 사람에게 해 준 대접치고는 잘했다. 상대방 사정에 더 끼어들어 봐야 오지랖인지라 나는 다시 눈을 감고 운기조식에 들어가려고 했다.

잠시 후, 그녀가 주섬주섬 내 쪽으로 다가왔다. 그러더니 말했다.

"소협…… 소협, 저는 진영화(秦英華)라고 합니다."

"나는 태오요."

나는 상대방이 내 명호를 알기를 바랐다. 소광검마라느니, 태천맹을 뒤집었다느니 하는 전적을 알면 알아서 떨어져 줄 것이다. 하지만 그녀는 내 이름 따위 모른다는 듯 천진한 눈으로 나를 바라보며 말을 이었다.

"저는 사정이 있어서 협유곡(俠儒谷)까지 가야 합니다. 괜찮으시다면 저를 거기까지 데려다 주시지 않으시겠습니까? 사례는 충분히 하겠습니다."

"낮추지 않아도 되오."

"네?"

"변성술(變聲術) 하나 할 줄 모르면서 남자 행세는 왜 하오? 무뢰배한테 못된 꼴 당하기 딱 좋군."

내가 핀잔을 주자 진영화는 재차 얼굴이 붉어지는 듯했다. 나는 멈추지 않고 강하게 그녀를 비웃었다.

"그리고 나는 협유곡까지 갈 일이 없소. 난 낙양을 벗어나서 멀리 가야 하는데, 왜 거기까지 당신을 데려다 줘야 합니까?"

"소, 소협, 제발 부탁드립니다."

진영화는 눈에 눈물을 글썽거렸다. 그녀는 지금이 아니면 기회가 없다는 듯 도박을 하는 심정인 듯했다.

"곧 교두가 밀집한 내관문(內關門)이 나옵니다. 거기에 가면 저는 죽은 목숨입니다. 저를 살릴 수 있는 건 소협뿐이에요. 제발 부탁드려요……."

"뭐? 당신, 여마두(女魔頭)라도 되는 거요? 왜 내관문에 가면 죽는다는 거요?"

나는 황당해서 반문했다. 얼핏 봐도 무공 따위 모르고 그냥 곱게 자라 온 규수인 것 같은데, 내관문을 꺼려하며 남자로 변장해 있을 이유가 뭐란 말인가. 나는 말을 하다가 상대방이 혹시라도 역모지화(逆謀之禍)를 입은 일족이 아닐까 하는 생각이 들었다.

그녀는 뭔가 결심한 듯 품에서 목걸이를 꺼냈다. 푸르고 붉은 빛이 백색에 갇혀 있어서 귀한 보물이란 걸 한눈에 알 수 있었다. 그녀는 목걸이를 내게 내밀며 말했다.

"소협, 필요하시다면 이런 신외지물 따위 드리겠습니다. 제발 부탁드립니다……."

저딴 목걸이는 별로 필요 없다.

"흠."

나는 약간 갈등했다. 마음 같아서야 상대를 도와주고는 싶었다. 하지만 당장에라도 내 정체가 들통 나면 천지 사방에서 태천맹이나 금의위, 동창의 고수들이 몰려들 것이다. 지금 나는 내공과 체력이 충분하지 않은 상태라서 부상 없이 낙양을 벗어날 보장이 없었다. 하물며 무공도 못하는 애물단지 하나 끼고서야 말이 안 되는 일이었다.

그것도 나 혼자면 얌전히 우마차 안에서 졸면서 관문을 지나갈 수 있는 상황인데!

그때, 내 머릿속에 뭔가가 스쳐 지나갔다.

"협유곡? 협유곡이라고 했소?"

"네. 혹시 협유곡을 아시나요?"

"거긴……."

나는 얼떨떨한 표정을 지었다. 분명히 태월하 사부가 큰 부상을 입었을 때 암호를 대고 찾아가면 도움이 될 거라고 한 장소였다. 태월하 사부와 연(緣)이 있는 장소를 이 여인네가 어떻게 언급한다는 말인가.

'쳇, 어쩔 수 없지. 데려가면 그 이유를 알 수 있겠지.'

지금 큰 부상을 입거나 한 건 아니지만 어차피 협유곡이란 곳은 한 번쯤 들러야 하는 장소였다. 나는 눈앞의 진영화라는 사람한테 갑자기 호기심이 생겨서 목걸이를 받아 들었다. 그러고는 천천히 말했다.

"알겠소. 일백 장을 가면 아마 내관 문이 나올 건데, 거기서부터 달립시다."

"네? 달린다구요? 무슨……."

퍼퍼퍽!

나는 다짜고짜 그녀의 가슴팍에 검지로 다섯 개의 혈(穴)을 짚었다. 그녀는 깜짝 놀라는 기색이었지만, 이내 전신에서 기(氣)가 새어 나오는 걸 느끼는 듯했다. 나는 등 뒤로 돌아가서 장심을 등에 갖다 대며 말했다.

"이건 만승천검결에 있던 비기(秘技) 중 하나인 접지신무보(接地神舞步)라는 보법이오. 당신은 기를 수련한 적이 없겠지만 내 손을 잡고 있는 동안에는 경락을 통해서 내공이 공유(共有)될 거고, 내가 머릿속으로 전하는 위치대로 내공을 돌리며 뛰시오."

"……!!"

"방금 찍은 다섯 개의 혈도가 중요하오. 나머지는 지금 내가 불러 주는 혈도 위치를 외워 두시오."

"알겠어요."

나는 말을 하면서도 진영화가 혈도 위치를 알까 싶어서 걱정이 되었다. 나는 특유의 반야(般若)를 이용해서 하루 만에 혈도 위치를 모두 익혔지만, 보통은 혈도 위치 익히는 데만 한 달이 걸린다. 무공 익힌 적도 없는 규수가 중간에 혈도를 틀려서 기절할 가능성이 높았다.

이윽고 혈도 위치를 다 불러 주자 진영화는 그것을 속으로 되새기며 외우는 듯했다. 나는 육안으로 내관 문이 보일 정도가 되자 그녀의 손을 잡고 일어섰다. 십여 장 정도 남으면 바로 뛰어야 했다.

"신호하면 바로 뜁니다."

"네."

"지금!"

퍼억!

갑자기 우리처럼 되어 있는 우마차의 지붕을 박차고 내가 크게 도약하자, 진영화의 몸이 뒤늦게 딸려 올라왔다. 비 오는 아침이라서 내관 문을 경비하는 교두의 숫자는 적었는데, 이 갑작스러운 상황에는 다들 당황한 듯했다.

나는 단숨에 오 장을 도약해서는 그대로 내벽 관문의 위로 올라섰다. 진영화는 정신을 못 차리고 나를 따라서 끌려왔는데, 만일에 접지신무보의 구결대로 몸을 움직이지 않았다면 당장에 팔목이 빠졌을 것이다.

"뭐, 뭐야?"

"수상한 놈이다!"

삐익—

무공 교두와 병사들은 대번에 호루라기를 부르며 이상
을 알렸다. 나는 그들의 반응을 무시하며 곧장 내벽 바깥
으로 몸을 날려서 지붕 아래로 내려앉았다. 그러고는 말
그대로 무림에서 손꼽힐 정도로 빠른 경공으로 뛰기 시작
했다.

파바바바밧!

비가 와서 지붕 위가 미끄러웠지만, 상관할 바가 되지
않았다. 도리어 발끝에 내공을 집중하자 그럭저럭 빠르게
갈 수 있을 정도였다. 진영화가 정신없이 접지신무보의
구결대로 발을 놀리면서 힘겹게 외쳤다.

"소, 소협! 너무 빨라요! 조금만 천천히…….."

"이것보다 느려지면 추격을 떨쳐 낼 수 없소. 이대로
낙양을 가로지르는 편이 낫소."

"이, 이런 막무가내로…… 하아."

그녀는 억울한 듯 한숨을 토해 냈다. 그녀가 원한 것은
역용술이나 변용술, 귀식대법으로 조용히 통과하는 것이
었겠지만, 그럴 만한 재주는 내게 없었다. 강호 경험도 일

천한 내가 잔꾀를 써 봐야 들키는 건 시간문제였기 때문
에 도리어 압도적인 무공으로 정면 돌파를 하는 편이 효
율 면에서 나은 것이다.

파앙!

허공에서 공기의 벽을 한차례 뚫으며 가속하자 진영화
는 반쯤 정신을 잃은 듯했다. 하지만 나는 계속 기를 보내
면서 그녀의 정신을 깨웠다. 그녀가 기절하면 내가 배로
힘들다는 이유도 있지만, 내가 힘든데 그녀만 편하게 기
절시킬 수 없는 노릇이었다.

타닷!

한 식경도 안 되는 사이에 십여 리가 넘는 거리를 주파
하자 추격자는커녕 괴괴하게 내리는 빗소리밖에 들리지
않았다. 그도 그럴 것이, 수상한 자가 있다는 호루라기 신
호가 아무리 빨리 가더라도 그보다 빨리 이동하면 안전해
질 수밖에 없다.

나는 외성의 중간쯤 왔다고 생각하며 빠르게 뒷골목으
로 내려앉았다. 한바탕 거칠게 뛰어서인지 내공이 꽤 소
모가 되어 있었다. 진영화는 정신을 차리지 못하고 머리
를 감싸 안고 있었는데, 두통인 듯했다.

"이봐요, 정신 차려."

"……"

짝! 하고 진영화 눈앞에서 손뼉을 치자, 그녀는 흐리멍 덩한 얼굴로 눈을 떴다. 마치 머리 풀어헤쳐진 처녀귀신 같았지만, 그 모습에도 염기가 스며 있어서 어지간한 남 자를 홀릴 듯했다. 나는 머리를 긁적였다.

"머리 묶을 관(冠)부터 사야겠군. 문사로 변장하는 게 차라리 낫겠어."

"저…… 저는 돈이 없습니다."

"누군 돈이 남아도나. 제길."

나는 투덜거리다가 땅바닥에 풀썩 주저앉으며 말을 이 었다.

"방금 가르쳐 준 접지신무보는 동시에 내공 구결이기도 하오. 그걸 지금부터 한 식경 동안 운용한 다음에 바로 낙 양을 빠져나갑시다."

"네? 추격의 올가미가 지금 좁혀 오고 있을 텐데……."

"어차피 낙양을 나가서도 이십여 리 정도는 사람도 별 로 없는 곳이라서 경공이 없으면 못 버티오. 당신이 하루 라도 빨리 경공을 익히는 편이 낫소."

사실 지금이라도 당장 진영화의 손을 끌고 걸음을 재촉 하면 무난하게 낙양을 벗어날 수 있었다. 하지만 낙양을 벗어나서 협유곡까지 가야 한다면 얘기가 달라진다. 마소 (馬所)에서 말을 대여할 수 없는 이상, 동행자가 경공이 없으면 갈 수가 없는 것이다. 진영화가 또다시 약한 소리를 할 거라고 생각했지만, 그녀는 의외로 결연한 얼굴이었다.

"네, 열심히 할게요."

"그런데 협유곡이 구체적으로 어딘지 아시오? 내 사부는 화북(華北) 사례(司隸) 형양 일대라고만 해서."

"거기서부터는 제가 안내할 수 있어요. 가 본 적 있으니까요."

"그렇군."

묻고 싶은 말이 태산처럼 많았지만 나는 일단 묻어 두기로 했다. 어차피 낙양을 벗어나면 할 일도 없던 참이라 눈앞의 괴녀(怪女)의 정체를 밝혀 두는 것도 재밌을 거라는 생각이 들었기 때문이다.

나는 그녀가 경공 구결을 재차 외우는 동안에 품속에서 탈혼경 상권을 꺼내서 읽었다. 역시 아무리 읽어도 재미있었다. 진영화가 어느 정도 쉬었다고 판단하자 나는 일어나기를 독촉했는데, 진영화는 내가 들고 있는 탈혼경을 보고 의아한 표정을 지었다.

"저기…… 소협, 그 책은?"

"무협 소설이오. 탈혼경이라고, 정말 재미있소."

"네? 그, 그런가요?"

그녀는 떨떠름한 표정으로 탈혼경을 보았다. 그러더니 조심스럽게 말했다.

"제목이 다른 거 같아요. 위신경(爲神經)이라고 되어 있네요."

"뭐?"

나는 탈혼경의 표지를 보았다. 하지만 그녀의 말과는 다르게 위신경이라는 글자는 보이지 않았고, 어디를 봐도 탈혼경이었다. 내가 그녀를 비난의 눈초리로 보자 도리어 그녀가 당황해했다.

"정말이에요. 위신경이라고 적혀 있잖아요."

"아닌데."

"아으으으……."

진영화가 억울한 듯 울먹울먹거렸지만, 차마 강하게 항변하지 못하는 기색이었다. 나는 그녀가 갑작스럽게 무공 구결을 익혀서 시력에 이상이 생겼다고 판단하고는 한숨을 쉬었다. 앞으로 협유곡에 갈 길이 새삼 걱정이었다.

"사흘 정도 접지신무보를 사용하다 보면 삼류 무림인 정도로는 실력이 붙을 거요. 그때부터는 서로 편해질 테니, 지금은 서둘러 낙양을 떠납시다."

"네, 소협. 감사합니다."

나는 대꾸하지 않고 진영화의 손을 잡고 빠르게 경공을

시전했다.

'뭔가 이상한 기분이군.'

위신경이라는 말을 들었을 때 기묘한 기시감(旣示感)이 내 전신을 휩쓰는 게 느껴졌기 때문이다.

"아, 그리고 가는 길에 붕대도 좀 삽시다."

나는 필요한 말을 한 것뿐이지만, 진영화의 얼굴이 빨개졌다. 약간 미안한 기분이 들었다.

*　　　*　　　*

"죽었나……."

구성천 본국삼절의 전승자, 굴화위지는 무덤덤하게 중얼거렸다. 그는 태오에게 패한 후 반나절 만에 깨어났는데, 일어나 보니 비림의 정자에 누워 있었다. 굴화위지는 재수 없는 패배라고 생각하면서 잠이나 계속 자려고 했지만, 공기가 심상치 않았다.

혹시나 하는 생각에 밖으로 나가서 금의위(錦衣衛) 지급(地級) 요원에게 현재의 낙양 상황을 물어보자 놀라운 대답이 들려왔다. 자달 선생이 괴한에게 암살당하고 태천맹이 습격당했으며, 심지어는 그 와중에 강호의 명문세가로 이름 높은 혁련세가마저도 멸문지화를 입었다는 것이었다.

하나만 일어나도 모자랄 대사(大事)가 하룻밤에 연속으로 서너 개씩 일어나니 천하의 금의위나 동창도 정신을 못 차리는 기색이었다. 귤화위지는 자신의 처소로 돌아와서 차를 마시며 생각했다.

'혁련세가는 알타리 녀석이 쳤겠군. 결국 일족의 원한(怨恨)은 어떻게 다스릴 수 없던 건가?'

귤화위지와 알타리는 십여 세의 소년 시절에 처음으로 알게 된 사이였다. 귤화위지는 자신의 꿈을 꺾고 억지로 가문의 뜻에 따라야 하는 기막힘에, 그리고 알타리는 가문이 반쯤 망해 있는 절망감에 이런저런 얘기를 나누었던 것 같다. 알타리는 남궁가의 무공으로는 대성할 수 없다고 판단하고 구성천에 버금가는 무공을 찾기 위해서 낙양을 떠났다.

그리고 낙양에 돌아온 알타리는 확실히 해답을 찾은 듯했다. 구성천의 전승자인 자신과 실력이 비슷했으니까. 귤화위지는 지금의 알타리라면 진실을 알 자격이 있다고 생각하고 남궁세가 몰락의 진실을 그에게 알려 주었다.

반신반의했지만 지금은 알타리가 혁련세가를 멸망시켰다는 확신이 들었다. 약간 의외라는 생각이 들었다.

'아무리 억울한 일이 있었어도 그냥 쓴웃음 짓고 떠날

성격인 줄 알았는데, 내가 알타리를 잘못 판단했던 걸까?'

동시에 알타리가 지금쯤은 죽었을 거라는 생각도 했다. 태천맹 사람들이 바보도 아니니, 알타리의 무공 연원 정도는 밝혀낼 것이다. 유극문 소속이란 게 밝혀지면 태천맹의 무시무시한 압박과 혁련세가와 관련 있던 자들의 보복이 뒤따를 테니, 어떻게든 자기 목숨으로 갚으려고 할 것이다.

문득 굴화위지는 태오를 떠올렸다. 그러고 보니 시종일관 그 녀석이 거슬렸다. 알타리도 원래는 낙양에 돌아올 생각이 없던 듯했지만, 태오에게 이끌리듯이 온 것이다. 주변 사람들의 운명을 뒤트는 인력(引力)이 느껴졌다.

"쳇."

그는 떫은 표정을 지었다. 어쨌든 간에 알타리는 자기 하고 싶은 걸 하고 죽었다. 결과로 보면 병신 같지만, 일말의 부러움이 드는 건 어쩔 수 없었다. 서로를 악우(惡友)로 생각하는 관계라 동정심은 일지 않았지만, 씁쓸함은 느껴졌다.

잠시 생각하던 굴화위지는 중얼거렸다.

"래지안(萊祉安) 형님을 찾아가 볼까?"

서역인과의 혼혈이라는 출신의 불리함에도 불구하고,

황궁 제일의 풍수사(風水士)이자 기관 장치의 달인이 된 존재. 굴화위지는 소싯적에 래지안의 지식 덕에 도움을 얻은 일이 많아서 고마움을 느끼고 있었다.

그리고 왠지 래지안이라면 황도 낙양에 감도는 기묘한 암류(暗流)에 대해 알고 있을 거라는 생각이 들었다. 황궁 수석 풍수사라는 직위는 종이품의 고위직과 맞먹는 위치인데다, 황족이 기거하는 천궁의 설계도 모두 그가 했다. 당연히 황제나 황족의 비밀에 가까울 수밖에 없었다.

굴화위지가 챙이 넓은 삿갓을 쓰고 비림을 나서려 할 때였다.

"어딜 가십니까?"

슈욱!

잔영술로 소리 없이 굴화위지의 삼 장 밖에 누군가 나타났다. 잔영술을 이토록 자연스럽게 쓸 수 있다면 결코 강호의 어중이떠중이가 아니었다.

"넌?"

"굴화위지. 연락 없이 방문해서 죄송합니다."

굴화위지는 나타난 얼굴이 자신이 아는 얼굴이란 걸 알았다. 그래서 이해를 못하겠다는 표정을 지었다.

"갑운애루(岬雲崖樓)의 주인이 여기까지 무슨 볼일이지? 난 지금 바빠."

갑운애루는 강호에서 가장 거대하고 강력한 청부 단체(請負團體)였다. 용병들이 뭉쳐서 만들어진 문파라는 말이 있었으며, 세력과 정보력이 종종 개방에 비견되곤 했다.

"저도 시간이 없으니 간단히 말하죠. 중원 구성천 전승자가 모일 때가 되었습니다."

"……설마."

"그렇습니다."

혹시나 하는 귤화위지의 얼굴이 상대의 말에 딱딱하게 굳어졌다.

"구성천 서열 일위가 나타났습니다."

"……!!"

"농(弄)과 요다성(妖多星)에게는 이미 이야기를 전해 뒀으니, 서둘러 화산(華山)으로 와 주십시오."

구성천 전승자들은 대개 이름이나 명호가 독특한 경우가 많았다. 본명은 따로 있었는데, 섣불리 성이나 이름을 노출하면 구성천 무공을 노린 도전자가 많아졌기 때문이다. 아예 천축에 본거지를 두고 있는 멸겁윤회 같은 경우가 아니면 다들 강호에서 가명을 쓰는 편이었다.

갑운애루의 주인은 자신의 벙거지 삿갓을 세게 눌러쓰며 강조했다.

"누구를 만나는지는 몰라도, 내달 만월(滿月)이 뜨기 전까지는 뵐 수 있길 바랍니다."

"멋대로 통보나 하고 가다니, 귀찮은 자식이군."

귤화위지가 투덜거리자 상대가 눈에 쌍심지를 켰다.

"저라고 직접 오고 싶던 줄 압니까? 전승자에게 직접 통지해야 하는 고대부터의 구성천 법례 때문에 갑운애루의 경영을 멈춰 두고 온 겁니다."

"흥."

"그럼 다음에."

파앗!

귤화위지는 재차 잔영술로 사라진 갑운애루주의 잔향에 불쾌한 표정을 지었다. 자신과 마찬가지로 상대 또한 가문의 법례, 관례에 크게 얽매여 있는 존재였다. 어쩐지 이 굴레에서 평생 벗어날 수 없을 것 같아서 더더욱 불쾌해졌다.

하지만 안 갈 수도 없다. 구성천 서열 이위인 무상천마가 마도를 굴복시킨 마왕의 힘이라면, 서열 일위는 말 그대로 세계(世界)를 멸망시킬 수도 있는 힘이니까. 과거 검성(劍聖)조차도 봉인하는 게 고작이었던지라 귤화위지는 조만간 목숨을 걸어야 한다는 사실을 직감했다.

"술을 마시고 싶군."

굴화위지는 그렇게 중얼거리며 낙양의 어둠 속으로 자취를 감췄다.

*   *   *

내가 진영화와 함께 낙양을 벗어나서 사례 하동 땅까지 오는 데는 약 사흘이 걸렸다. 내가 예고한 그대로 진영화의 무공은 딱 삼류 수준까지 상승했고, 이제는 뜬금없이 뛰다가 기절하는 일은 없었다.

지금도 죽어라 달리다가 한 식경 동안 휴식을 취하는 중이라서 진영화는 우물물을 떠서 마시고 있었다. 놀랍게도 지옥 같은 갈증이 덮쳐 오고 있을 텐데도 끝까지 추한 모습은 보이지 않았다. 나는 나뭇등걸에 걸터앉아서 그 모습을 보며 생각했다.

'귀족가의 여식인 걸까? 고생 한 번 해 본 적 없는 티가 나는데도 근성이 대단하군.'

찌르르르.

매미 우는 소리가 요란했다. 하늘은 빨려 들어갈 것처럼 푸르렀고, 하얀 구름이 떠다녔다. 주변에 개천만 있다면 이런 곳에서 평생 살아도 좋으리라. 나는 잠시 눈을 감고 쉬고 싶었지만, 천라지망이 좁혀 오는 속도를 알고 있었기에 계속 가야 한다는 사실을 알고 있었다.

"뭐, 어쩔 수 없지."

지금 나는 천하에서 가장 주목받는 마두(魔頭)일 테니까. 세상에 내 나이에 태천맹을 정면돌파해서 때려 부숴본 사람이 얼마나 될까나.

내 중얼거림에 진영화가 나를 돌아보았다. 그녀는 체력이 어느 정도 회복되었는지 똘망똘망한 눈을 하고 있었다.

"소협은 나이가 어린데 정말 대단한 무공을 지니고 있군요. 어찌 그렇게 강해질 수 있으신가요?"

나는 픽, 웃었다.

"띄워 줘도 안 통해. 난 방금 내가 약해서 찌질거리는 걸 반성하는 중이었는데."

"아, 그런가요?"

진영화는 믿기지 않는다는 눈을 했다. 하긴 사흘 동안 도주하면서 내 앞을 가로막는 금의위고 동창이고 다들 검도 안 뽑고 주먹질로 날려 버렸으니, 저런 눈을 할 만했다. 아마 강호에서 손꼽히는 고수들이 아니면 나와 일대일로 붙을 수 없으리라.

나는 푸념하듯 중얼거렸다. 언제부터인가 진영화와는 편하게 말을 놓고 있었다.

"휴, 세상에는 센 놈이 너무 많아. 언제쯤 세계 최강이 될 수 있을까?"

"세계 최강요?"

"응. 요즘 생각하는 목표인데."

나는 마침 잘됐다 싶어서 진지한 눈으로 설명했다.

"처음 목표는 무협 소설에서만 봤던 '무림(武林)'이란 걸 알고 싶은 거였지. 그런데 알면 알수록 별거 없어서 기왕 할 거면 세계 최강 정도는 노려 보려고."

"보통은 세계가 아니라 무림 최강(武林最强)이라고 하지 않나요?"

"……"

나는 뜨끔하는 기분이 들었다. 그러고 보니 상식적으로 무림 최강이라고 해야 할 텐데, 나는 어째서 세계라는 말을 쓴 거지? 도가(道家)의 현학(顯學)에서나 쓰는 단어일 텐데, 이상한 일이었다.

진영화가 재밌다는 듯 웃었다.

"소협은 무림보다 넓은 세계가 있다고 생각하고 있는 게 아닐까요? 꿈이 원대하시네요."

"무림보다…… 넓어?"

나는 고개를 갸우뚱했다. 지금까지 그런 생각은 해 본 적도 없었다. 무협 소설에서 봤던 무림이라는 세계는 동경, 그 자체였고, 지금도 무림 이외엔 생각해 보지 않았다. 나는 나도 모르게 반문했다.

"무림보다 넓은 세계가 어떤 건데?"

진영화가 망설임 없이 대답했다.

"천축이 있고, 서역(西域)이 있고, 선계(仙界)가 있을 테고, 지옥(地獄)이 있겠지요. 이외에도 중원인이 가 보지 못한 곳은 매우 많지요."

"천축은 무림이잖아. 서역은 모르겠고…… 선계나 지옥이 실제로 있는 거야?"

"가 보지 못하면 알 수 없잖아요."

진영화는 장난스럽게 웃었다. 그 미소는 남자를 두근거리게 하는 뭔가가 있어서 나는 살짝 고개를 돌렸다.

"소협, 가 보지 않으면 모른다는 점이라면…… 서역이든 지옥이든 같은 곳이 아닐까요?"

"……!!"

순간, 나는 머리를 망치로 맞은 듯한 충격을 느꼈다.

그렇다. 그러면 본질적으로 같은 것이다. 어차피 가 보기 전까지는 그게 그 위치에 있는지도 확신할 수 없다. 결국 내 기억과 경험, 인식이 어디까지 도달하느냐의 문제. 인식이 도달하는 최대한의 범위가 결국 내 세계(世界)가 되는 것이다.

그리고 머릿속이 깨어질 거 같으면서 다시금 반야(般

若)의 상태에서 뭔가를 중얼거렸다.

[불생불멸(不生不滅).]
[불구부정(不垢不淨).]

그리고 재차 중얼거렸다.

[부증불감(不增不減).]
[하지만 유천영과의 대결 이후 새로운 깨달음을 얻었다.

완전무결해 보였던 천의무봉이 한순간이지만 유천영에게 깨졌다!

그건 유천영의 무공의 흐름에는 천의무봉을 뛰어넘을 수 있는 자질이 존재했다는 뜻이다. 이후로 나는 고심하면서 유천영과의 대결을 몇 천 번, 몇 만 번이고 머릿속에서 되새겼다. 그 결과, 기묘할 정도로 많은 검류(劍流)를 하나의 줄기에 통합시키면서 한계 없이 치솟는 하나의 검로(劍路)가 존재했다는 사실을 알아챘다.

처음에는 유천영이 극한까지 연마하던 검술의 초월경, 천둔(天遁)이라고 생각했다. 그러나 그것과는 비교가 되지 않았다. 아예 다른 차원의 무학이 존재하고 있어서 경악하고 말았다.

그 검로는 너무나 깊고 아득해서 천의무봉으로는 예측이 불가능하다는 사실을 인정해야 했다. 아니, 대항조차 원래 불가능했다! 말 그대로 삼천세계(三千世界)를 부어 넣는 듯한 무시무시함 때문에 천의무봉이 전혀 통하지 않는 것이다. 아예 인지(人知)를 거부하는 듯한 우주(宇宙)적인 운행(運行)이었다.

천의무봉은 모든 움직임을 알 수 있다. 하지만 단 하나의 움직임, 천년검로(千年劍路)를 알 수는 없다.

절대적인 모순(矛盾)!

천의무봉에 생겨난 모순을 이겨 내기 전에는 완전히 천의무봉을 믿고 흐름에 몸을 맡길 수 없게 된 것이다. 유천영이 깨어 버린 흐름을 다른 누군가가 타고 들어오지 않는다는 보장이 없기 때문이다.

그리고 나는 유천영이 남겨 놓은 검로의 실마리를 잡자 도리어 천정개혈대법의 구단계로 진입할 수 있었다. 천의무봉을 초월하는 경지를 얻지는 못했지만, 어쩐지 생각하고 수련을 할 때마다 잘못되어 있던 몸의 흐름이 저절로 원상복구가 되었다. 마치 천지간의 조화가 단 하나의 검로에 담겨 있는 듯했다[聖靈獨曜].

놀라운 공능이었다. 되새기는 것만으로도 세상의 이치가 저절로 흘러 들어왔다.

그 현묘함의 깊이가 천부경에 비할 만했다. 나는 세상의 원영(元靈)이 얼마나 생사입멸(生死入滅)의 조화 속에서 복잡하게 운행하는 지를 직접 느꼈다. 그리고 천의무봉 정도로 세상의 모든 것을 깨달은 양 자만했던 자신의 우둔함에 눈물을 흘렸다.

무념(武念)은 일로(一路)라!

나 자신은 유천영이 해 주었던 그 충고를, 그저 어린아이의 치기로만 여겼을 뿐이다. 그러나 세계의 원영에 접하게 되자 뼈저리게 실감할 수 있었다. 천의무봉(天衣無縫)은 세계의 외곽에 흐르는 움직임을 계측할 뿐, 의념(意念)과 인과율(因果律)이 꿈틀거리는 '법칙'까지 읽어내는 건 불가능한 경지였던 것이다.]

"……?!"

나는 그 짧은 순간에 말도 안 되는 경험과 사투(死鬪)가 내 전신을 훑고 지나는 걸 느끼고 화들짝 놀랐다. 누군가가 유천영(柳天榮)이라고 불리는 검귀(劍鬼)와 싸우며 얻은 깨달음의 경험이었다. 무려 수백, 수천 개나 되는 무공의 비결이 정수리를 관통하는 느낌은 차라리 고통에 가까웠다.

"쿨럭."

나는 그만 피를 토해 내고 말았다. 깨달음도 적당히 해야 약이 되지, 지금 것은 차라리 독(毒)에 가까웠다. 나는 아득하게 머나먼 곳에서 찾아온 깨달음 때문에 내장 파열이 일어났다는 걸 깨닫고 기가 막혔다.

'대체 이건 뭐야?'

그저 [무림보다 넓은 세계]라는 실마리를 받고 나서 반야를 저절로 운용한 것에 지나지 않았다. 그런데 마치 내가 다른 세계에서 한평생을 겪은 것처럼 무시무시한 양의 지혜와 경험이 흘러 들어온 것이다. 단박에 미치지 않은 게 다행이었다.

"소협, 괜찮습니까?"

진영화가 나를 부축하려 했다. 하지만 나는 손을 내저으면서 억지로 버티고 섰다. 그러고는 길게 한숨을 내쉬었다.

"아, 됐어. 대체 내가 왜 이러는 건지 모르겠네."

하지만 그 짧은 반야 동안에 나는 또 다른 능력을 손에 넣어 버렸다. 내 의지와는 상관없이 또다시 강해져버린 것이다. 말 그대로 대화하거나 숨만 쉬어도 계속 강해지는 느낌이라 기가 막혔다.

천의무봉(天衣無縫).

정확한 공능은 아직 잘 모르겠지만, 펼치는 순간 알게 될 거라는 직감이 찾아왔다. 나는 아직도 두통 때문에 저려 오는 관자놀이를 꾹꾹 누르다가 진영화에게 말했다.

"난 대체 뭘까?"

하. 하. 하.

뭔가 상상하지도 못했던 괴이(怪異). 그 사이에 축적된 나라는 인간의 광기. 그것이 무의식에서 떠올라서 혼잡하게 어그러졌다.

"……."

그리고 웃고, 웃고, 웃고, 또 웃었다.

그 광기가 내 정신을 잡아먹을 듯이 치솟아 오른다.

나는 이 괴이한 기억을 바라보면서 끝없는 고통이 나락에서 스며드는 것처럼 느껴졌다. 아무도 볼 수 없는 나락의 끝, 거기에 나란 인간이 있다. 머리끝부터 발끝까지 세포단위로 분해되어서, 피죽처럼 변해서 널브러져 있는 것이다.

죽어 있는 나 자신은 웃고 있다. 피죽처럼 되어 있어도 행복하다.

왠지 웃지 않으면 견딜 수 없을 것 같은 기분이 들었다. 왜인지 모르겠지만, 환룡(幻龍)을 굉장히 만나고 싶어졌다. 눈앞의 진영화를 협유곡에 데려다 주는 것 이상으로 호북성으로 달려가고 싶어졌다.

하지만 참았다. 왠지 환룡을 만나는 순간, 나는 내가 아닐 것 같았기에.

정말 알 게 뭐냐. 빌어먹을, 고민은 해도 신경 쓸 만한 건 아니라고.

"소협⋯⋯."

더 이상은 버티기 힘들었다.

진영화가 미친 듯이 웃는 나를 보고 두려워하자, 나는 조심스럽게 품속에서 탈혼경(奪魂經)을 꺼내서 내밀었다. 상하권으로 이루어진 탈혼경의 상권이었다. 진영화가 어리둥절해하자 나는 혼탁해진 눈으로 말했다.

"너도 읽어 볼래?"

조심스럽게, 그리고 조심스럽게 기대하며 말했다.

"탈혼경."

〈『검성전』 제4권에서 계속〉

http://www.bbulmedia.com